23階の恋人

小川いら

白泉社花丸文庫

23階の恋人　もくじ

イラスト／椎名《しいな》咲月《さつき》

□■□

「インド人ってよくわかんねぇ…」

と若林望《わかばやしのぞみ》は呟いた。スーツ姿の、いわゆる一般的なサラリーマン。でも、どこかやる気のなさそうな顔つきは、学生の軽い雰囲気を漂わせている。明るめの髪は地毛だし、細い鼻梁《びりょう》や、丸くて大きめの瞳も、女だったらキュートなんだが、男としては甘すぎる。要するにオヤジ受けの悪い軟派な顔つきなのだ。

そんな望の隣にいた古賀雄一《こがゆういち》が、眉間に深い皺《しわ》を寄せて言った。

「アラビックの方がもっとわかんねぇって…」

こちらは望よりは少々落ち着いて見える。けれど、せっかくのいい男を一割引きしてしまっているのはやや下がり気味の目尻。それがセクシーだとか、優しそうでいい感じという女も多いけれど、やっぱりどこかストイックさが足りていない印象がある。

巨大オフィスビルの一階にあるオープンスペース。ガラス張りの天井から差し込む春の日差しを浴びながら、食後のコーヒーを飲みつつ、望と古賀が揃って吐《つ》く溜息《ためいき》は深く重い。けれど、これも日課のようなもの。互いに同情する気は微塵《みじん》もない。

インドにしろ、中近東にしろ、そのわかんない人々へ世界一優秀な日本の通信器機を販売するのが仕事なのだ。

そんな二人が勤めているのは、家電、電算機、通信器機などひととおりをカバーしている一部上場の大手電機メーカーである東亜電通。

望達の所属している海外通信部は、通信ケーブル関連の器機を海外へ輸出販売していて、東亜電通の中では花形のコンピュータ部門から少々外れている。

入社して三ヵ月の研修のあと、四年はコンピュータ関連の部署で国内向けの営業をしていた望だが、人事異動で去年の秋から現在の部署に配属されていた。

べつに本人が異動を希望していたわけじゃない。ただ、海外営業が人手不足だったのと、望がそこそこに英語ができたこと。さらには体力もあって、使い勝手のよさそうな独身という条件が重なってのことなんだろう。

海外通信営業はもっぱら命を削って商売していると言われている部署だった。世界中、商売になるところならどこへでも自社製品を持って飛んで行かされるとの噂があるのだ。

「海外通信部ですか？」

「そう、インド担当ね」

と人事課長に言い渡されたとき、頭の中で想像したのは、タージマハールでカレーを食っている自分。

(カレーはどちらかと言えば好きだけどさ…)

それでも、海外通信部には同期入社で、研修中は会社の寮で同室だった古賀もいた。今までいたオンボロで、社員が飽和《ほうわ》状態の自社ビルじゃなく、都内の最新設備の整った巨大ビルにデスクを持てるのも悪くないと思った。

それに国内営業がすごく気に入っていたわけでもないし、どこの部署に行こうととりあえず与えられた仕事だけちゃんとやっていれば、この不況の時代でも首が飛ぶことはないだろう。

古賀と同様に担当する国と地域に必ずしも満足はしていないが、どうにもならないんだからしょうがない。

紙コップに入ったコーヒーを飲み干した古賀が腕時計を見ると、背伸びをする。

「さてと、午後から来年度予算の打ち合わせか」

「えっ、お前んとこもう予算出してんの？」

やらなきゃならないとわかっていても、目先の雑務に追われてついつい後回しになっている仕事は山ほどある。そんな中の一つが来年度予算だった。来年どのくらい売り上げてみせるから、工場はこれくらいの予算でモノを用意しておいて下さいという予定表である。小さく出れば全社一斉の予算会議で叩かれるし、大きく出たら出たで達成できなかったときに吊《つ》るし上げを食らう。

「お前もさっさとやっておかないと、あとから首が締まるぞ」

古賀の言葉に、そんなに大変なのかと暗い気持ちになる。去年はまだこの部署に配属されていなかった望は今年初めて来年度予算を出すことになる。同期入社の中では評価が高く、有能だと言われている古賀がそう言うくらいだから、きっと面倒な仕事なんだろう。

「俺、今でもなんでここにいるのかわからなくなる…」

望が呟くと、古賀が立ち上がって空になった紙コップを近くのゴミ箱に投げ入れながら言った。

「そりゃ、お前、リーマンなんて半分以上がなんで自分がその部署にいるのかわかってないって。なんとか内定もぎとって入社した途端にわけのわかんない体育会系の研修を受けさせられて、知らない間に適正診断されて、気がつけば配属決定。そんなもんさ。違うか？」

「違いない…」

まさしく自分達が通ってきた道を端的に述べられて、返す言葉もない。望もコーヒーを飲み干すと、紙コップを側のゴミ箱に向かって投げ捨てる。

「あっ、しまった」

紙コップがゴミ箱の角に当たって床に落ちる。慌《あわ》てて拾おうとしたとき、横からスッと出てきた手が紙コップを拾い上げた。

「あっ、すみません」

そう言いながら拾ってくれた男を見たとき、望は心の中で「へぇー」っと声を上げた。

思わず唸《うな》るほどのいい男。歳の頃なら望達と同じくらい。あるいは少し上かもしれない。

望より頭半分は高い身長と、ゆったりとした身のこなしのせいで落ち着いて見えるのかもしれない。なんて思っていたら、男はニコッと笑い、そのまま望の紙コップを自分の飲んでいたコーヒーの紙コップと一緒にゴミ箱に入れた。

「ど、どうも…」

そう言ってペコリと頭を下げる。男は「どういたしまして」と望だけが聞こえるような声で言い、そのままエレベータホールへ向かう。その姿を見送った望もまた、古賀と一緒に自分のオフィスへと戻って行く。

都内にある巨大オフィスビルは、近隣の年代モノのビルとは違ってほんの三年ほど前に建ったばかり。数十社の大手企業がテナントとして入っているが、東亜電通はその十九階の全フロアと二十階、二十一階の一部を占めている。

古賀と一緒に乗り込んだエレベータの中で、望は大きく伸びをした。そして、週末までの日にちを数えて重い溜息を吐く。

望にとって出世なんて人生においては二の次だった。今はつき合っている彼女もいないから、結婚とか、将来とか、まして子供ができたらなんて心配もしていない。

それよりも、休日はボーナスを費やして購入したバイク、V-MAX一二〇〇に乗って一人遠乗りに出かけるのが何よりも楽しい。

二十七歳。親にも結婚をせっつかれず、会社ではたいして責任も持たされず、しみじみステキな年齢だと思っていたりする今日この頃。

海外通信部勤務もようやく半年過ぎて、ここでの業務にも慣れてきた。とりわけトラブルもないけれど、ただ一つだけ問題があるとすれば、

(やっぱりインド人ってわかんねぇよな…)

と呟くのがすっかり日課になっていることくらい。それほどに商売するのが難しいのがインド人なのだ。

生活習慣、文化、宗教、何から何まで違う国でモノを売るのは本当に大変だと思い知らされている。それは中近東担当の古賀だって同じだろうが、それぞれの国によって苦労はまちまちなのだ。

インド人のフレンドリーな笑顔に乗せられて、一銭にもならないのに一人で散々踊らされたなんて話は課長から山ほど聞かされている。

そして、得意先回りを兼ねて、初めて課長に連れて行かれたインドはすごかった。

何がすごいって、すべてがだ。海外といえば観光地くらいしか知らなかった望には、見るものすべてがカルチャーショック。暑い、汚い、臭いと文句をつけたいところは山ほどあった。でも、その反面、豪華で、広大で、神秘な魅力に感嘆させられるところもたくさんある。さらには、インドのビジネスマンは大阪人並に商魂たくましい。

(深い、深すぎる〜、インド…)

そして、その日の午後もインドからかかってきた電話に応対しながら、彼ら独特の英語に「ソーリー」だの「パードン」だのと繰り返す。もちろん、来年度予算のフォームは真っ白のまま、望の机の上に積まれているのだった。


それから数日後のこと。例によって、食後のコーヒーをビルの一階のオープンスペースで飲んでいるときだった。

「なんで昼休みにそんなもん見てるんだ？」

今日は課長と一緒に昼食を食べてきた古賀が、望に声をかけてきた。古賀の手にもそこのカフェで買ってきたコーヒーが握られている。

「おう、古賀、いいところにっ。助けてくれぇ～」

と言って差し出したのは、インドの通信会社向けに販売を予定している器機のカタログ。でも、日本語版だった。

「それって、今の機種じゃないな。そんなカタログをどうすんだよ？」

「英訳してインドにファックス」

「えっ、英語版のカタログないの？」

「古すぎてさ、昔のは全部処分されてた」

望は前髪を鬱陶《うっとう》しそうにかき上げながら言った。すると古賀が望の手元をのぞき込む。

「ゲッ、本当に古い型だな。そんなのマジで売るの？」

「そう。インドのＲＢＢＰ社が今使ってる機種と互換性《ごかんせい》があるのがこれだけなんだよ」

「だからって、カタログの英訳なんてお前がやってどーすんの？　翻訳会社に出してないのか？」

「出してるけど二週間ほどかかるんだよ。その前に要約して、ファックスしとけって言われたんだ。だから、助けて」

古賀はコーヒーを飲みながら望の前に座ると、申し訳なさそうに首を横に振る。

「こんな古い型じゃ、今の新型のカタログとは全然内容が違うじゃないか。厄介《やっかい》な仕事を押しつけられたもんだな。それに俺は今予算で手一杯だ」

「せめて英訳手伝って。お前だって商売は英語でやってるんだからさ」

「いや、俺、向こうへ行ったらほとんどアラビックなんだなぁ」

古賀は父親が商社に勤めていて、六歳から中学を卒業するまでイランにいた。だから話すだけならアラビア語ができる。そのメリハリのはっきりした顔も、もっと日に焼いて、りっぱな髭《ひげ》でもはやしたらアラブの王様のように見えるし、なるべくして、中近東を担当させられているというわけだ。

「望だってＴＯＥＩＣで八百点取ってたじゃないか。それくらい翻訳しろよ」

「あれはマグレ。俺、翻訳なんて嫌いだ。まして要約しながらなんて、勘弁してくれって感じ。おまけにこの数年の間に新しく取得した特許もあったりして、面倒なんだ、これが」

大きく溜息を吐いてカタログをテーブルの上に投げ出し、コーヒーカップを手にする。

「仕事だ、仕事。好きとか嫌いとか言ってんじゃないの」

「ああっ、なんでこんな部署に回されちゃったかなぁ、俺。インドでカレー食えると思ってオーケーしただけなのになぁ」

ふざけたことを言っているが、結構真剣にまいっている。せっかく来年度予算に取りかかろうとしたところなのに、いきなりこんな仕事がふりかかったというか、押しつけられたというか…。

とはいえ、海外通信部ではここ三年、新入社員はほとんど入ってきていない。新規採用の数少ない人材は、すべてコンピュータ関連の部署に持っていかれている。だから、ここでは平社員の望が雑用をやらなければならないのは、当然といえば当然なんだけれど。それにしても、辛《つら》い。と、そのときだった。

「なんだか大変そうですね」

いきなり自分の頭上から声がかかり、驚いて上を見上げる。

「あっ」

そこにいたのは以前、望の投げ捨てた紙コップを拾ってくれたあの美貌《びぼう》の男だった。望の投げ出したカタログを手にすると、それにざっと目を通してから聞いた。

「これを英訳して、ファックスできる程度に要点をまとめるんですね？」

なるほどとばかり、勝手に男は納得している。その向かい側で、古賀がいつになく険《けわ》しい目つきで、「なんだ、こいつは」という顔をしていた。望はといえば、カタログのことはどうでもよくて、やっぱりいい男だななんて思っているばかりだった。

望と違って、どこから見ても男らしい顔つきだが、粗野《そや》な感じは一切しない。むしろ嫌味なくらい洗練された雰囲気がある。古賀同様、彫りの深い顔だが、この男の場合は切れ長の目が日本人的な印象を強調していて、涼しげな清潔感を漂わせている。

「こういうのは機種の特徴だけを箇条書きにしてしまって、備考欄を設けて特許関連をまとめればいい。他社との比較は○×、もしくは数値で表した表で添付すればわかりやすいし、表計算ソフトで作るのも簡単でしょ」

と言ったかと思うと、男は自分のスーツの胸ポケットからシルバーのボールペンを取り出した。そして、カタログに直接書き込んでもいいかと確認を取ると、空いているスペースにサラサラと英文を書き連ねる。

その男の動かすペン先を見て思わず感激してしまう。望だって全然英語がわからないわけじゃないから、彼の要約を見てそのうまさに舌を巻いた。

「と、まぁ、こんな感じでどうでしょうかね？」

男がそう言って、自分のペンをしまう。そのとき、ビルのエントランスから数名の女性がこちらに向かって手を振り、声をかけてきた。一瞬、自分と古賀に向かってかなと顔を上げた望だが、彼女達が声をかけていたのは自分の目の前にいる男にらしい。

「武内《たけうち》さん、午後の打ち合わせは第三会議室ですよね。お客様は何名いらっしゃるの？　お茶をお持ちしますから」

なんてビジネスライクに気取っていても、どこか色気がはみ出している。その武内と呼ばれた男は望に向かって「じゃ」とばかり軽く手を上げると、女性達と一緒にオフィスに戻って行く。

どこのどなたかは知らないが、親切に深く感謝して望はその後ろ姿を見送る。

（世の中、まだまだ捨てたもんじゃないなぁ〜）

そう思って、英文の書かれたカタログを胸に抱き締めた。そんな望に向かって、古賀は眉間《みけん》に深い皺を寄せてたずねる。

「なんだ、あいつは？　胡散《うさん》臭《くさ》せぇ〜。望、お前、知り合いか？」

まったく知らない男だが、この際誰だろうと、どんなに胡散臭かろうと構わない。この厄介な仕事を、ちゃっちゃっとやっつけてしまうアドバイスをいただけただけでもう充分。その見ず知らずの男に向かって両手を合わせたい気分だった。

その日の午後に早速原稿をまとめてしまい、打ち出して課長の承認印をもらいに行った。それを受け取って目を通した課長が「おっ」という顔をする。そして、課長欄に印を押すと、メガネをひょいと押し上げて言った。

「若林、思ったよりやるな。よくまとまってるじゃないか」

「あっ、どーも」

サラリーマンにしてはやや長めの髪をかき上げながら、ペコッと軽く頭を下げる。国内営業時代はどんなときでも深々と頭を下げる癖がついていた。が、この部署では客は全部インド人。国内ではこちらが商社を使う身なので、すっかり頭を下げる回数が減っていた。

課長の印をもらった原稿を受け取り、早速インドにファックスしようとしたら呼び止められる。

「若林、その、なんだ。君みたいな、そういう髪は女性にモテるのか？」

仕事と全然関係ないことを唐突に聞かれて、返事に詰まる。脳天がとっても涼しげな状況になってきている課長に向かって、「そうなんですよ、いいでしょ」とも言えまい。

「はぁ、まぁ、そこそこに…」

ヘラっと愛想笑いを浮かべたら、恨《うら》めしそうな顔で「そうか」とばかり呟かれてしまった。切れと言いたいわけじゃないが、きっと軟派な格好で、近頃の若いモンはとか思っているんだろう。

べつに課長に特別好かれようとは思っていない。それより女に好かれる方がいいにきまってる。そんな理由で出世できるとかできないとかいうんだったら、正直言って出世なんてどうでもいい。与えられた仕事だけきちんとやって、クビにさえならなければそれで充分だ。そんな望に向かって、課長が思い出したように声をかけた。

「そうだ、若林。そろそろ予算出せよ」

その一言で、机の上に投げ出したままにしていた予算のフォーマットのことを思い出した。やっと翻訳が終わったところだというのに、休む間もありゃしない。

所詮《しょせん》サラリーマンってのは、会社という回し車の中で走り続けるハツカネズミみたいなものなのだ。

□■□

ハツカネズミは今日も回し車の中で走り続ける。

「望、メシ行こうぜ」

十二時になると同時に、フロアの端の島に自分のデスクを持つ古賀がやってきた。このフロアでは机を寄せ合った「島」と呼ばれる列が十五列ある。一番端が古賀の所属する中近東営業で、順番にオセアニア、中国、アメリカ、東欧、などなどと続いて、望のインド営業の島がある。

　その島の端っこのデスクでパソコンに向かい、望は眉間に皺を寄せていた。

「すまーん。俺、ダメだ。片づかねぇ。悪いけど先に行っててくれよ」

　すると古賀が望のパソコンをのぞき込む。

「予算か。俺は昨日出したぞ。どうせ課長の訂正が真っ赤に入って戻ってくるだろうけどな」

「こっちはまだその手前だよ。前任者がデータをぐちゃぐちゃにして保存してんだよ。もう一から全部見直しだぞ」

　それを聞いて古賀はお気の毒とばかり、望の肩を叩いた。

「まぁ、しゃーねぇよな。とにかく、これを乗り越えないとゴールデンウィークはこないからな。じゃ、俺先に行って食ってくるわ。コーヒーくらい飲みに下りてこいよ」

　望はパソコンに向かったまま手を上げる。実際、昼食どころじゃないのだ。

　関連のファイルを開いても開いても、どれもがどこか足りなかったり、余計だったりする。これを全部切り張りして、統計を出し、予算を出すなんて気が遠くなりそうだった。

　とにかく、データの切り張りだけでも目処《めど》をつけたくて、午前中は息をするのも忘れるほど必死になって作業に専念していた。けれど、どうしても昼までに終わらなかったのだ。

　古賀を送り出したあと、どうにかデータの整理だけは終えて、時間を見れば十二時半になっていた。もう外に出るのも面倒で、カロリーメイトでいいかと思った。が、デスクの横にある予定表を見れば、部長も課長も午後は商社に出かけていて三時まで戻ってこない。ならば少しくらい遅れて戻っても大丈夫だろうと、席を立つ。

今朝は寝坊して朝もきちんと食べていない。すっかり空腹でなんだか気持ち悪くなりそうだった。

エレベータホールで下りのエレベータを待っていると、会議室を陣取《じんど》ってすでにお弁当を食べ終えた同じ部署の岡林《おかばやし》恵美《めぐみ》が声をかけてきた。ちょっぴり太めだが憎めない容貌《ようぼう》の、入社二年目の営業アシスタントだ。

「若林さん、今からお昼ですか？」

「そう。もう空腹で目眩《めまい》しそうだよ」

望がそう言ったとき、一台のエレベータが止まった。声をかけてくれた恵美に戻りが少し遅れると伝え、ドアの開いたエレベータに乗ろうとしたときだった。

（ゲッ、何、これ…）

と思わず腰が引けた。開いたエレベータには女性がびっしり乗っていたのだ。皆なかなかにお洒落《しゃれ》だが、派手目の服装で、化粧も髪型もどこか気合いが入っている。

そのうちの何人かが胸にぶらさげているカードキーをみれば、二十三階のドイツ系化学品会社のＯＬご一行様だとわかった。昼食もフレックスタイム制で、みな三十分ずらして食事に出るところらしい。

この中に単身乗り込む勇気はなくて、行っちゃって下さいと身を引きかけたとき、エレベータの奥に一人の男がいるのに気がついた。周りの女性よりも頭一つ半はでかい美貌の男。望の翻訳の仕事を手伝ってくれたあの男だった。

その彼が縋《すが》るような目で望を見たかと思うと、親しげな笑みを浮かべて「やぁ」と軽く挨拶《あいさつ》して寄こす。そして、顎をひょいと上げて乗ってこいと合図している。無視するのもなんだか気の毒で、望は思い切ってその女性ばかりの中へ飛び込んで行った。

エレベータのドアが閉まって一階へと向かう個室の中、ゴージャスなお姉さま方はひたすら微笑《ほほえ》みながら強烈なフェロモンを飛ばしている。もちろん、望に向かってじゃない。エレベータの奥にいる男に向かってだ。

やがて無言の数秒が過ぎ、エレベータは二階で止まった。ドアが開くなり、ホールで待っていた中年のおじさんは乗り込むのを躊躇《ちゅうちょ》している。そんな中、奥から望を目で誘った男が出てくると、腕を引いて言った。

「行こうか」

「えっ？」

どこへとばかり首を傾げていると、周りのお姉さま方から不満の声が上がる。

「あら、武内さん、ここで下りるの？」

「一緒にランチ行きません？」

と誘う甘い言葉をやんわり断り、彼が言った。

「今日は彼と一緒に食べる約束をしてるんで、ここで失礼しますよ」

彼ってのは俺のことなのか？　と目を丸くしているうちにもエレベータから下ろされて、代わりに中年のおじさんが乗り込んでいく。

がっかりとしたお姉さま方の姿がドアの向こうに消えたとき、望がたずねた。

「そんな約束してましたっけ？」

「いや、してないけどね」

と笑って言いながらも、男はそこの和食屋で一緒にどうですかと改めて望を誘う。ビルの二階に入っている和食の店はうまいが、値段もいいので自腹で昼食のときにはあまり利用しない。でも、この間の礼も言いたかったし、今日くらいはいいかと、その誘いにオーケーしてしまった。

そして、二人で店構えと同様に、内装も凝《こ》った和食屋の四人がけテーブルに腰かける。時間が時間だからお昼の客もかなりはけていて、二人で四人がけに座っていて心地悪いこともない。

二人とも今日のランチを注文してから、改めて望が男に向かって礼を言う。

「あの、この間のカタログの英訳だけど、助かりました。あの日の午後に一気に片づけて、課長にもよくまとまってると誉《ほ》められましたよ」

　すると、男はさわやかすぎる笑顔で片手を上げると、あれくらいなんでもないですよと答えた。そして、自分の胸ポケットから名刺入れを出すと、その一枚を望に差し出した。それを受け取りながら、望は慌てて自己紹介をする。

「俺、東亜電通のインド営業をやってる若林っていいます。今は名刺持ってなくて。今度会ったら渡しますから」

　そう言いながら、差し出された男の名刺を見る。

　名前は武内篤広《あつひろ》。やはり二十三階にあるドイツ系の化学品メーカーの社員で、所属は産業薬品部門、企画営業部となっていた。

「武内さんって、いくつですか？　俺より上ですよね？」

　女じゃないから歳の話だって平気だ。その落ち着いた容貌からして二つ、三つは年上だと思った。

「二十七ですよ。フケて見えるらしいけど」

「えっ、ウソ。タメ？」

　驚いた望の言葉に、向こうも驚いていた。

「なんだ、そうか。同じ歳か…」

　そう言うと、武内は急に親しみが増したように微笑む。

きりっとした目鼻立ちなのに、笑うととても優しそうな顔になる。人の視線を外させないっていうのはきっとこんな顔なのだと思った。どこへ出ていっても受けが良さそうな、こざっぱりと軽く後ろに撫《な》でつけられたヘアスタイルも似合っている。

「武内さんって、英語がかなりできるんっすね。もしかしてボスはドイツ人？」

「ああ、同じ歳なんだから『さんづけ』はやめて下さいよ。ええ、うちの部署の部長はそうですよ。会話はドイツ語でもやりますが、書類は英語で全社的に統一しているんでね。それに大学は米国だったから英語はそこそこね」

英語ばかりかドイツ語まで…。その器の違いにちょっとショック。おまけにこの容姿ときたら女にモテてもしょうがない。

「それにしても、エレベータの中はすごかったっすね。いつもあんな風なの？」

望が聞くと、困ったような笑みを浮かべて、武内が言い訳めいたことを口にする。

「いつもってわけじゃないですよ。でも、本当に助かった。あのまま彼女達と一緒に昼を食べることになっていたら、ちょっと面倒だったんでね」

「なんか、もう秋波《しゅうは》が飛びまくってたもんなぁ。羨《うらや》ましいよな。あそこまでモテまくるってのはどんな気分っすか？」

本当に羨ましげに言う望の目の前で、とんでもないとばかり首を振っている。

「いや、モテすぎるってのも結構厄介なもんでね」

「それ、言う相手を気をつけないとメチャクチャ嫌味《いやみ》ですよ」

望の課長が聞いたら泣き出しそうだ。望クラスの容貌にだって、「女性に人気があるのかね？」なんて言ってるくらいの人なんだから。

「でも、本当にそうなんですよ。それに俺、女は苦手だから…」

と言われて、一瞬どういう意味でしょうかと望が首を傾《かし》げたところで、注文したお膳《ぜん》が運ばれてきた。それから二人して箸《はし》を割り、やや遅めの昼食を食べ始める。

女が苦手という言葉にはちょっぴりわだかまりが残っている。でも、初めて面と向かって会話している席で、あまりプライベートなことを突っ込むのもどうかと思われた。

「確かに、おたくの女子社員って迫力美人ばっかだもんなぁ。あれじゃ食うっていうより食われそうな気がする」

そんな冗談を言って笑いながら、とりあえず相手の言葉はサラリと受け流しておいた。

結局、その日は二人とも少し遠慮のようなものも抱えながらも、結構楽しく会話した。世間話や差し支えない程度の仕事のことを話していると、アッという間に一時過ぎ。

いくら上司がいないからって、あんまりのんびりもしていられない。予算のまとめがまだ残っていて、気になってしょうがないのだ。だから、これからコーヒーを買いに行くという彼と別れて、一足先にオフィスに戻ることにした。

「また機会があれば、一緒に昼食に行きましょう」

そう誘われた望は「喜んで」と答え、エレベータホールへと向かったのだった。

望が自分のデスクに戻ると、恵美が課長から電話が入っていたと伝言のメモ書きを渡してくれる。そして、にっこり笑って小声で言った。

「大丈夫。若林さんは資料室に行ったって課長には言っておきましたからね。それから、その紙袋」

と恵美が指差したのは、ビルの一階に入っているカフェのもの。開けてのぞいてみると、中にはサンドイッチとマフィンが入っていた。

「中近東の古賀さんが差し入れですって。お昼を食べに行けなかったって思ったみたいですね」

そういえば、コーヒーくらいは一緒に飲むつもりだったのだ。けれど、エレベータであの男に出会い、誘われるままについて行ってしまった。

「古賀さんって優しいですよねぇ。なんか若林さんって、甘やかされてません？」

「そんなわけないじゃん。でも、いい奴だよ。恵美ちゃんにその気があるなら、俺が仲を取り持ってやるぞ。あいつ、ああ見えて料理とかもうまいんだよな。一緒に寮に入ってるときは随分《ずいぶん》食わしてもらってたよ。典型的ないいお婿《むこ》さんタイプ」

望が冗談まじりにそう言うと、恵美はまんざらでもなさそうに「余計なお世話ですっ」

とか言いながら仕事に戻って行く。

そういえば、古賀もつき合っている女はいない。人好きのする顔だし、優しいし、背は高いし、絶対女にモテるだろうに、なぜか色っぽい話は聞かない。

あの武内篤広って男にしても、古賀にしても、女受けがいいのに色っぽさ足りないんじゃないか。と思いつつ、実は自分こそが誰よりも軟派な顔をしているくせに、一番女っ気がないってことはしっかり棚に上げていた。

□■□

あれからというもの、ときどきビルの中で武内と顔を合わせるようになった。

二十五階建ての巨大ビルで、入っている会社の数も相当数だし、出入りしている人間の数といったら半端じゃない。なのに、ふと気づくと昼休みにカフェで会ったり、出勤や退社時間にエレベータや、一階のホールで出会ったりする。その度に軽く挨拶《あいさつ》を交わし、ちょっとした世間話なんかもするようになっていた。

そして、最初は「武内さん」、「若林さん」と呼び合っていた関係も、気がつけば「篤広」、「望」と呼び合うほどに親しくなっていた。

そんなある日のこと。今日は古賀が外回りでいないので、一人で外食もどうかなと思っていたときに電話が鳴った。デスクの島の向こうから恵美が叫んでいる。

「若林さーん。外線、一番です。ミュラーコーポレーションの武内さんって方からです」

この距離だと内線で話すより直接叫んだ方がてっとり早いので、いつもこんな感じだ。

篤広からだと聞いて、望は電話に出るなり言った。

「どうしたんだよ。携帯にかけてくれればいいのに」

『就業中は電源を切ってるかなと思ってね。ところで今日一緒に昼メシ行けるかな？』

望は肩に乗せた受話器を顎《あご》で挟《はさ》み、パソコンのキーボードを打ちながら返事をする。

「ああ、いいよ。ちょうど古賀、あっ、いや、いつも一緒にメシ食ってる奴が午前中外に出かけててさ。一人でメシ食いに行くのも面倒だから、弁当でも買ってこようかって思ってたんだ。でも、そっちはいいの？　フレックスで三十分ずらすんじゃないの？」

『構わないさ、べつに。じゃ、十二時ちょうどに一階のロビーで』

「了解。そんじゃな」

最近ではすっかり昔からの知り合いのような口をきいている。

目を見張る男っぷりと、思わず頭も下がる経歴の持ち主ながら、篤広はすごく親しみやすい奴だった。

話していて面白いし、とにかく一緒にいて楽しい。そんな感じは古賀と似ている。でも、古賀とはどこか決定的に違っている部分があるような気もする。

（なんだろうなぁ…？）

東亜のインド支社から届いたファックスの返事を打ちながら、思わず頭を捻《ひね》ってしまう。

「若林、なんか問題か？　それは誰宛《あて》のレターだ？」

といきなり背後からかかった課長の声に、ビクっと体が硬直した。いつの間に自分の後ろに立っていたんだろう。それも、じぃーっとパソコンのモニターをのぞき込みながら…。

「イ、インドの杉原《すぎはら》さん宛です。今のところまったく問題はないんで大丈夫です。書類は午後一《いち》にファックスで送りますから」

「あっ、そう」

と言ったかと思うと、課長はどこかつまらなさそうな顔で自分のデスクに戻って行く。もしかして、望が何かに困っていれば面白いのにと思っているんだろうか。なんか、そういう感じがして仕方がない。すると、恵美が側にきて、クスクスと含み笑いを漏《も》らす。

「課長は構いたいんですよ。たまには相手してやらないと拗《す》ねちゃいますよ」

なんじゃ、そりゃ？　って言いたい。悪いが望にしてみればインド人の相手だけでも充分大変なのだ。なので、課長の面倒までみていられない。

パソコンのモニターの右下に表示されている時計を確認する。昼休みまであと二十分ほどしかない。十二時までに何がなんでもこの書類を書き上げて、サインをもらってしまいたかった。

そうして必死でキーボードを叩きながら、今日は篤広とどこで昼食を食べるか、すでに心はそちらへ飛んでいるのだった。


「すまん。待ったか？」

望は満員のエレベータから下りて、待ち合わせのロビーにかけつけた。

「いや、大丈夫。五分ほどだから」

そう言って篤広が笑う。その顔は男らしくて精悍《せいかん》なんだが、どこか可愛い印象がある。

なんでだろうと、望がじっと相手の顔を見つめる。

「さて、どこで食べようか？」

「あっ、えくぼ…」

思わずそう呟いた。

「えっ、そんな店あったっけ？」

「そうじゃなくて、えくぼがあるんだなな」

篤広の片頬にえくぼがあるのを見つけたのだ。そんな望の言葉を聞いて、篤広がまた笑う。

「なんだ、俺の顔か。そう。右だけにね。これは母親譲り」

そんなどうでもいいようなことを話しながら、その日は近くのビルの一階に入っている中華の店に入った。ここは二人席がたくさんあるので、少しくらい昼休みに出遅れてもなんとか座れる。

望はネギソバとシュウマイがセットになった定食を頼み、篤広は薬膳粥《やくぜんがゆ》を注文した。

「お粥だけで午後から腹すかない？」

「そのときはカロリーメイトでも食べるさ。いつもより三十分早く昼に出たせいか、まだ腹がすいてないんだ」

「そっか。なんか悪いね。俺の時間に合わせてもらってさ」

「どうして？　俺の方から誘ったんだよ」

「そりゃそうだけど…」

でも、古賀がいないときにこうして気を遣わずに一緒に昼を食べる相手がいるのは嬉しい。ヘタにぼんやりしていようものなら、課長や部長から一緒に昼に行こうなんて誘われる。昼休みにまで見ていたい顔じゃないし、それだけはご勘弁《かんべん》って感じ。

「それにしても、いい天気だなぁ。なんでこんな日にオフィスにこもって仕事してんだかって思わない？」

望はガラス張りの店内から、春の日差しが降りそそぐ並木の新緑を見て、呟くように聞いた。その言葉に篤広もまったくだとばかり頷《うなず》いてみせる。

「本当だな。バイクに乗るには最高の季節なのに、もったいない…」

と言った篤広の言葉に望が驚いて身を乗り出した。

「えっ、お前、バイク乗るのっ？」

「あれ、言ってなかったっけ？　バイクは高校時代からずっと乗ってるよ。十七のとき、限定解除一発合格なんだ、これでも」

ちょっと自慢するようにそんなことを聞かされちゃ黙っていられない。望だって限定解除を持っている。ただし、三回目合格だけれど…。

「で、篤広は何に乗ってるんだ？」

「今はスズキのＳＧ一二〇〇ＳＳ」

「マジッ？」

それは国内向けに馬力こそ抑えてあるが、エンジンといい、ショックサスといいハードランディング向けにバッチリと調整されているスズキの最新モデルだ。ボディも黒一色というストイックさで、望にとっても憧れのバイク。バイク雑誌で嘗《な》めるように眺めていた一台だった。

「望は何に乗ってるんだ？」

「俺はヤマハのV-MAX一二〇〇…」

自慢のバイクだが、ＳＧ一二〇〇ＳＳと比べるとちょっと負けてるかもって思ったりして悔しい。

「V-MAXはいいバイクだよな。俺も好きな一台だ。あのドラッガースタイルは不変だし。でも、そろそろモデルチェンジするって噂もあるけど」

篤広の言葉に望が頷きながら答える。

「でも、V-MAXはヘタにいじるとファンが黙ってないぜ。俺もその一人だけどさ」

「確かに。V-MAXは熱狂的なファンが多いからな」

そんな話をしていると、注文した望のネギソバと篤広の薬膳粥が運ばれてくる。

「そうだ。今度一緒にツーリングに行かないか？」

薬膳粥の上にオレンジ色のクコの実を散らしながら、篤広が言った。

「あっ、それ、いいかも。どの辺？　奥多摩《おくたま》とか丹沢《たんざわ》とか？」

どちらかと言えば一人で気楽に走るのが好きな望だけれど、篤広とならぜひ一緒に走ってみたい。

バイク乗りってのは基本的に孤独なものだと思っている。中には仲間と一緒に走るのが楽しいという連中もいるが、望はそういうタイプじゃない。自分のペースで飛ばして、自分のペースで走る。それが最高だと思っている。でも、なんとなく篤広となら一緒に走っても大丈夫な気がした。

「そうだな。この季節ならどっちでも楽しいだろうけど、やっぱり奥多摩かな」

奥多摩には東京とは思えないほどののどかな景色や、きれいな川の流れる場所がある。そんなところをSG一二〇〇SSを転がす篤広と一緒に走る自分を想像して、思わず笑みが漏《も》れた。

確かにSG一二〇〇SSはカッコイイが、V-MAXだって充分カッコイイのだ。その二台が併走《へいそう》したときの迫力を考えたらちょっとゾクゾクしてしまう。

その日の昼は互いのスケジュールが確認できなくて、とりあえず近いうちにとだけ約束した。でも、社交辞令とかじゃなくて、本当に篤広とは一緒にツーリングに行きたい。そのためにも、やっぱり土日出勤だけは避けなくちゃと思ってしまうのだった。


その日の午後はかかりきりで来年度予算を作成していた。

「望くぅ〜ん、残業かい？」

午前中、ヨルダン領事館へ出かけていて午後出社した古賀なのに、五時の終業時間になるなり望にちょっかいをかけにやってくる。

「どうだ？　ちょっとは進んでるのか？」

と声をかけ、望の首に両腕を回し背中にもたれてきた。忙しいときに暑苦しいぞとは思っても、古賀のスキンシップが激しいのは寮で一緒に暮らしている頃からわかっているし、慣れている。

「いいよなぁ、予算を提出しちゃった奴はよぉ」

と言いながら、望はパソコンに向かって必死で数字を打ち込んでいる。

「その代わりと言っちゃなんだが、今日はご機嫌《きげん》うかがいに出かけたヨルダン領事館で、たっぷり大変な目にあってきてんだぞ」

「何言ってやがる。ヨルダンなんて金はあるし、政情は安定してるし、いい国じゃねぇか。何が大変だって言うんだよ」

「その分、要求も厳しいんだよ。金にあかして、従来の器機から最新の機種への変換を一週間でやれって言われてんだぞ。おまけに、メンテナンスは全部こっち持ちの無償でってねじ込まれてみろよ。普通の神経なら胃に穴があくって」

とか言いながら、古賀はわざとらしく自分の腹を押さえてみせる。

「へっ。普通の神経じゃないくせによく言うよ」

望がパソコンのモニターから目を離さずにそう言ってやると、古賀はヘラヘラと笑っている。そういう商売の駆け引きは誰よりもうまい奴なのだ。おまけにアラブ人の落としどころも心得ているんだから、口ほどにも苦労していないのはわかっている。

古賀にとって本当に面倒で苦手なのは、アラブ人との商売の交渉じゃなくて、社内処理的な書類作成の方。それでも予算だけは毎年苦労しているせいか、早めに手をつけて提出するという要領のよさ。同期ながら頭が下がる。

「それより、お前ちゃんと昼メシ食ったのか？」

ずっと予算の書類にかかりきりで、また昼も食べていないと思ったんだろうか。いつぞやもサンドイッチやマフィンを差し入れてくれたし、結構心配りの細かい奴なのだ。

「うん。ほら、前にカタログの翻訳を助けてくれた奴を覚えてる？　あいつ、武内篤広ってぇの。上のミュラーコーポレーションの奴なんだけどさ、そいつと食った」

それを聞いた途端に古賀が望の背中から離れると、なんだか妙な顔をしていた。

「なんだよ。お前、いつからあいつとメシなんか食う仲になってんの？」

いつからと言われても、いつの間にかそうなっていた。

「あいつさ、大学がアメリカでさ、英語とドイツ語ができるんだぜ。それにあいつもバイクに乗ってんの。それも俺がほしいSG一二〇〇SSなんだよな。で、今度一緒にツーリングへ行くことにした。結構楽しみなんだ」

それを聞いた古賀が不機嫌そうな顔をして、片眉を吊り上げている。

「知らないおじちゃんに懐《なつ》いちゃダメでしょ。望くんはそうやってすぐ誰にでも心を許すからな〜」

と言いながら、書類を挟んだクリアファイルで望の脳天をペシッと叩く。叩かれた脳天を押さえながら、望は子供のように膨《ふく》れて文句を言った。

「あのな、マジでいい奴なんだってば。同じ歳だし、話しやすいし、今度紹介するからよ。

一緒にメシ食おうぜ」

「なんか胡散臭いんだよな。俺は好かないね」

誰とでもソツなくつき合う古賀にしては珍しくかたくな。そんな態度にちょっと呆《あき》れて、望はデスクの上のコーヒーに手を伸ばしながら呟いた。

「お前、ガキみたい……」

「おや、ガキにガキって言われてしまったよ」

「そういう態度がそもそもガキっぽいだろーがっ！」

そして、いつの間にか篤広の話題はそっちのけで、互いに「ガキ、ガキ」と詰《なじ》り合う。

そんな横を、さっさと帰り支度《じたく》を整えた恵美が「お先に」と声をかけて帰って行く。

チラッとこちらを見て頬を染めたりなんかしている。やっぱり恵美は古賀狙いかと思うと、ちょっと残念な気がした。というのも、実は望も恵美のことは気に入っていたからだ。

でも、古賀なら望にとっても自慢の友人だし、二人がなるようになったときには祝福してやろうと思っていた。

□■□

昨日は夜の九時まで残業して、おおまかな予算の数字を打ち込んだ。帰宅したのは十時を過ぎていたが、録画しておいた映画が見たくて、夜食を食べながら二時半まで起きていた。

おかげで今朝は通勤電車の中で立ったまま居眠り。サラリーマン生活で身につけた、悲しい特技の一つだ。

ほんの十数時間前までいたビルにまた舞い戻って、同じパソコンの前に座るのかと思うと、腰の一つも叩きたくなる。

込み合うエレベータホールで上りのエレベータを待っていると、後ろからポンと肩を叩かれた。古賀かなと思って振り返ったら、そこにいたのは篤広だった。

「おはよう。眠そうだな」

「眠いなんてもんじゃない。瞬《まばた》きしただけで、そのまま爆睡《ばくすい》してしまいそうだ」

「火曜日からそれじゃ先が思いやられるな」

「ああ、まだ四日もあるのかぁ…」

溜息を吐いているとエレベータがやってくる。二人してそれに乗り込むと、後ろからどんどんと人が乗ってきて、アッという間に一番奥へ押し込まれてしまった。

望達が利用しているのは一階、二階に止まったあとは十五階までスキップして、ビルの上層部へと一気に上がる高速エレベータだ。

篤広と並んで壁にもたれて目を閉じていると、一瞬意識が途切れる。ガクッと頭が落ちる感覚にハッとして目を覚ましたら、自分の頭が篤広の肩にのっかっていた。電車の中ばかりか、エレベータの中でさえ眠ってしまいそうになっていた自分に呆れてしまう。そして、もたれかかった体を支えてくれた篤広に礼を言おうと思った、そのときだった。突然、篤広の手が望の手にそっと触れた。

（えっ…？）

起こしかけた頭が中途半端な状態のまま止まってしまう。もしかして、望がこの場で倒れ込まないように支えてくれているのかなと思った。でも、それはとても優しくて、その曖昧《あいまい》な感触はまるで愛撫《あいぶ》…のように思えるのは気のせいなんだろうか？

（な、な、なんで…？）

自分の右手に何が起こっているんだとわけがわからなくなる。なんで篤広は自分の手をこんな風に触っているんだろう。自分は眠っていて、これは夢なんだろうか？

なんて思っても、望の心臓がバクバクいっているのは確かに現実。そのとき、篤広の手がはっきりとした意志を持って、その右手をぎゅっと握った。

「あっ…」

と思わず声が漏れてしまった瞬間、エレベータが止まって扉が開く。扉の上のランプが示しているのは十九階。そして、篤広の手がすっと離れた。

下りなくちゃという気持ちと、今のはなんだったんだという気持ちが一緒になって、ゾロゾロと下りていく人に続いていた足が一瞬止まった。

「じゃ、昼メシ一緒に行けそうだったら連絡くれる？」

まるで何もなかったように、篤広がそう言って笑う。

「あっ、ああ…」

曖昧に返事をしてエレベータを下りると、そこには向かい側のエレベータからちょうど下りてきたばかりの古賀が立っていた。

望は古賀の顔を見てハッとしたように、改めて自分の乗ってきたエレベータを振り返る。閉まる扉に篤広の笑顔が消えるところを、古賀がじっと睨《にら》みつけている。

「おい、今、あいつと一緒だったのか？」

いきなり古賀が眉間に皺を寄せてたずねる。

「えっ、ああ、そう」

と答える望の肩に手を回すと、小声で聞いた。

「もしかして、何かされたのか？」

「何かって…？」

されたと言えばされたけれど、たかが手を握られたくらいで大の大人が大騒ぎするのもみっともない。適当に笑ってごまかして、昨日の予算の作表の大変さなんか訴えてみたりしたが、なんとなく古賀は腑《ふ》に落ちていない様子。

そんな古賀と一緒にオフィスに入り、IDカードを出勤記録に連動している時計に滑り込ませる。さっきまであれほど眠かった望だが、なぜか今ではパッチリと目が開いてしまい、眠気が吹っ飛んでしまっていた。

篤広のあの行動はどういう意味だったんだろう。

自分のパソコンに向かいながらも、ずっとそのことを考えていた。

すっかり目は覚めていたが、濃いめのコーヒーを飲みながら昨夜入力した数字の見直しをしている。式計算がずれていないかを確認する作業は集中しなければダメだ。ファイルの大きさが半端じゃないから、一ヵ所でも間違えると連動してあちらこちらの数字が狂ってくる。それはわかっているのに、なぜか今朝は集中力に欠けてしまっている。

なかなか頭が働かない自分にイライラしながら仕事をしていると、課長に呼ばれた。ややこしいことをしているときに呼ぶんじゃねぇっと言いたいけれど、言えない。

席を立った望は、デスクの島の奥の課長のところまで行くと、「なんでしょう」とばかりその薄くなった脳天を見下ろした。

「今、インドから政府の高官とRBBP社の取締役の一人が来日してるだろ」

それは知っている。以前望が翻訳した機種の販売契約に関して、先週末から部長と課長が打ち合わせを始めているはず。

「明日から本格的なミーティングに入るんだが、お前も同席してくれ。今度の契約ではいろいろとサポートに回ってもらいたいから、向こうの連中と顔合わせしておいた方がいいだろう」

「えっ、明日からですか？」

いきなりそう言い渡されて、望は自分のデスクの上を見る。まだ終わっていない予算の書類が山積み。来週の月曜日までに提出しなければならないから、今週はずっとこれにかかりっきりになる予定だったのに…。

「これが連中の日本での滞在スケジュールだ。参加してもらうのは、木、金の器機の輸送とメンテナンスに関する打ち合わせ。あと、夜は接待が入るからあけといてくれよ」

有無を言わせずそう言って、スケジュールのコピーを渡された。それを見て、木、金は完全に潰れるなと確認。こうなったら今日、明日で予算の目処を立てるしかない。でも、それって、物理的に可能なのかと思わず首を傾げてしまう。

自分のデスクに戻り、山と積まれた予算表のプリントアウトを眺めたら大きな溜息が漏れた。

（ああ、もう、全部シュレッダーにかけてやろうかな、チクショー）

なんて腹の中で呟いてみても、そんなことをしでかす勇気があれば、こんなにイライラするわけもない。

結局、その日の昼は昼食どころじゃなくなった。篤広に携帯電話で連絡すると、ちょっと残念そうな声が返ってきて申し訳ない気分になった。が、仕事なんだからしょうがない。そして古賀からの誘いも断って、社内販売のマズイ弁当を頬張《ほおば》りながらパソコンと睨《にら》めっこ。

「食った気しねぇー」

と、思わず文句を漏らすと、恵美が温かい日本茶のペットボトルを買ってきてくれた。

「若林さん、大変そう。入力済みのデータチェックくらいなら手伝いますから、言って下さいね」

そんな優しい言葉に甘えられるものなら甘えたい。が、予算はベタ打ちで入力するだけのものじゃない。結局は営業の目で確認しながら、来年度の数値を割り出していくしかないのだ。それでも望は恵美の言葉に感謝しながら笑って答える。

「データが仕上がったら、プリントアウトとコピーを頼むよ。多分金曜日の夕方だろうけどね」

金曜の夕方には絶対に仕上げたい。今週末には篤広とバイクでツーリングに出かけようと決めていたから、休日出勤だけは絶対に避けたいのだ。

と、ふと篤広のことを思い出して、望の手が一瞬止まる。今朝のエレベータの中での出来事を思い出すと、また妙な気分になる。

普通、男に手を握られたら気持ち悪いと思う。

（でも、気持ち悪くはなかったよな…）

眠くてしょうがないときに指先に触れたその感触は、むしろ心地よかったくらい。ホッと安心できるような気がしたのは、眠さのあまりバッタリと倒れ込んだとしても、篤広が支えてくれるって思えたから。

古賀も面倒見のいい奴だが、篤広もそういうタイプだと思った。そして、自分はといえば、典型的に面倒みられる方のタイプ。だから同じ歳でもなんとなく落ち着きとか、雰囲気が違ってくるんだろう。

そんなことを考えながら、予算のファイルに保存されている必要のないシートを削除していく。データが膨大《ぼうだい》すぎて、整理しないと似たようなシートだらけでわけがわかなくなる。

切り張りを終えたオリジナルのデータだけを残して、サクサクと整理、削除をしていたそのとき、電話が鳴って、出てみると外出先の部長からだった。

『若林君か？　昼休み中すまんが、この間君がカタログを英訳してまとめたファックスがあるだろ。あれをすぐにメールで送ってくれ。午後からの打ち合わせに使うから』

部長からの電話を切って、望は以前に作ったインド向けのファックスのファイルを開く。それをメールに添付して部長のアドレスに送信する。

（忙しいときに雑用いいつけんなよなぁ）

と、心の中で文句を言いながらも、せかせかと元の作業に戻ってまたシートを削除していく。作業を中断されたことに苛立《いらだ》ち、乱暴にマウスを動かしていたそのときだった。

【一度削除したシートはもとには戻せません】というメッセージを見て、一気にイエスをクリックしてしまった。そして、三秒後…。

「し、しまったーっ！」

昼休みの社員もまばらなフロアに望の声が響き渡る。ぎょっとして望の方を見る人達。そして、恵美が慌てて駆けつけてくる。

「どうしたんですか、若林さん」

どうしたもこうしたもない。うっかり消してしまったのは、ようやく作った予算のデータをすべて打ち込んだシートだった。ハッと我にかえった望は、上書きせずにすぐにファイルを閉じようとした。その瞬間、設定してあった自動保存が最悪のタイミングで作動した。

（ど、ど、どーしよーっ！）

こうなったらどうやっても消したシートは取り戻せない。思わず目眩がして、心臓は今確実に数秒停止したと思う。そして、ごっくんと生唾《なまつば》を飲んで恵美を見る。

「な、な、なんでもないんだ。大丈夫…。ははっ、お騒がせしました…」

望は乾いた笑いを浮かべながら、そんな返事をしてしまう。本当は全然大丈夫じゃないが、恵美に話してどうなるものでもない。

篤広のことに心を奪われ、部長の電話にイライラして、とんでもないことをしてしまった。が、全部自分が悪いのだ。集中力が欠けている脳味噌の命令に、むざむざと従ってしまった自分の右手が憎い。マウスを迂闊《うかつ》にクリックしてしまった人差し指を切り落としてしまいたい。

（チクショー！　俺のバカーッ！）

「すまーん、俺、休日出勤確定。予算がどうしても来週月曜の締切に間に合わない」

翌日の昼休み、望は泣きそうな顔で篤広に謝る。

本当なら土曜日は一緒にバイクで奥多摩に行く予定だった。気まぐれなツーリングだから、遅くなったら適当な宿でも探して、一泊してもいいかもなんて話していたけれど、とても無理だ。

「データは削除しちまうし、明日からはインド人との打ち合わせのスケジュールがびっちりだし、どうやってもデスクワークは週末しかできそうにないんだよー」

昼どきの込み合ったソバ屋で望が頭を抱えると、篤広がちょっと苦笑を漏らして言う。

「いいさ。ツーリングはいつでも行けるし。でも、望が休日出勤するなら俺も出社して、来月の企画会議用の書類をまとめるかな」

そうもあっさり納得されると、ますます申し訳なさに顔が上げられなくなる。

「それより、カスタマーがインドってのは結構大変だろ。商売に関してはシビアなところがあるって聞くからな。まして、政府がらみの人間が出てくるとややこしい国なんだろ？」

「そうなんだよ。おまけにカーストがあるしさ。難しいことこの上ないんだよ」

と、言いながら望は先に運ばれてきた鴨南蛮《かもなんばん》をすする。古賀は商社へ出向いていて、向こうで接待昼食だから、今日も篤広と二人でランチ。

どういう理由かわからないが、古賀は篤広のことが好きじゃないらしい。篤広も望が古賀の話をするとあんまり楽しそうじゃない。

だから、なんとなく二人が一緒にならないようにして昼食につき合っている。本当は二人が仲良くなってくれればいいのにと思っているけれど、どこか似たもの同士は苦手意識が働くのかもしれない。

「あのさ、この間…」

と望が言いかけたとき、篤広の注文した月見ソバが運ばれてきた。思わず口をつぐんでしまった望に向かって、篤広が割り箸を手にしながら言った。

「またこうして一緒に昼メシが食えてよかったよ…」

そう言ったかと思うと、卵の黄身を割り箸の先でつつくように壊している。

篤広の言葉の意味がわからない。特に意味がないようでいて、もしかして何か深い意味があるのかなって思わされる。でも、それを突き詰めて聞くのがなぜか怖いような気がしている。

「ひ、昼メシくらいいつでも一緒に食えるじゃん。それより今度一緒に飲みに行こうぜ。安くてうまい焼き鳥屋があるんだ。知ってる？　駅の向こうの『磯屋《いそや》』っていうの」

恵美に教えてもらった店の名前を言うと、篤広は聞いたことがあると嬉しそうに頷く。

「地酒の種類が多い店じゃないか？　うちの女の子でも結構通っている子がいるよ。その店は」

篤広の笑みはその店を知っていたからなのか、あるいは望が飲みに誘ったからなのかわからない。でも、その楽しそうな顔に望もホッとしてしまう。

昨日、昼食に出られないと電話したときの、落胆した篤広の声が今でも望の耳に残っている。たかが昼食じゃないかと言いたい気もした。が、用件を伝えて電話を切ったあと、篤広に握られた自分の手を思わず見つめてしまったくらい。

「じゃ、土曜日の仕事のあとに一緒に飲みに行こうぜ」

「それまでに片づくのか？」

「もちろん。絶対土曜日中には片づけてやるっ！　日曜日まで出勤するくらいなら俺はもうリーマン辞めるよ。いや、マジで。バイクショップの店員やるって。これでも結構メカもいじれるんだからな」

そんな望の言葉を篤広は笑いながら聞いている。

篤広に焼き鳥屋はいまいち似合わないような気もしたが、男同士で気取った店に行ったってしょうがない。

週末の約束をして食事を終えると、望はすぐにオフィスに戻ると言った。すると、篤広も食後のコーヒーは自分のデスクで飲むと言い一緒にエレベータに向かう。朝と違って込み合っていないから、乗り込んだエレベータでは二人っきりになってしまった。

中央で二人してポケットに手を突っ込みながら、ぼんやりとドアの上の階数を表示するランプを眺めている。二階を過ぎてからはノンストップで十五階まで上がる。短いようで長い数十秒間だ。

「何を緊張してんだか」

ボソリとそう言った篤広の言葉にぎょっとした。

「な、なんだよっ。だ、誰が緊張してんの？」

と、緊張していると丸出しの声で望が叫んだ。そんな声を聞いて篤広がプッと噴き出す。

「俺がだよ。俺が緊張してるって言ってるんだよ」

エレベータが十九階に着いて、「じゃ、また」と言った篤広が自分のオフィスに上がって行く。そんな篤広を見送ってから、思わず首を傾げた。

「なんであいつが緊張すんのさ?」

さっぱりわけがわからない…。

□■□

インド人はなんだかわからない。わからないんだけれど、すごい。それはもう、いろんな意味ですごいのである。

その日の打ち合わせも例によって白熱していた。向こうの要求の多さに部長も課長も額《ひたい》に汗を浮かべて、必死の攻防戦といった様相だ。

望といえば口を挟む隙《すき》もなく、ただ呆然とそのやりとりを聞いているばかり。商売に関しては、まさしく大阪商人のようにシビアなインド人なのだ。なのに、いったんブレイクに入るといきなり陽気になる。その落差についていくのが日本人には大変だ。本音が丸見えすぎてかえってつかみにくい。ということで、なんだかわからないけれどすごいのである。

ようやく昼休みとなって席を立ったとき、望は課長に呼び止められて耳打ちされた。

「若林、すまんが、今日の午後は観光になっているから、都内を案内してやってくれるか。

私と部長はこの案件について検討して、上の指示もあおがなくちゃならないんだ。夜にはホテルのレストランで合流するから、それまでよろしくな」

「ええっ、午後からアテンドっすか？」

向かい側に座っているインド人の顔を見てから聞いてないよと叫ぼうとしたら、課長はすでに部長と連れだって会議室を出ていくところ。

「さて、お昼に出かけますか？」

とクライアントの方から誘われる。もちろん、すごい訛《なま》った英語で。

自分より一回り体格の大きなインド人二人。褐色《かっしょく》の肌に縁どられたギョロッとした大きな目で見つめられ、おもわず「そうですね」と、こちらもまた日本語訛りの英語で笑って答えるしかなかった。


さて、どこで昼を食べようかと、インド人二人を連れて考えた。どうせこれは会社の経費で落ちるし、思いっきり贅沢《ぜいたく》をしてやりたいところだが、なんでもいいというわけにはいかない。とりあえずタクシーで銀座まで出てから適当な店を探した。

肉に気をつけさえすれば大丈夫かなと思って選んだのが串カツ屋。場所柄《がら》店構えも悪くないし、そのわりに値段もリーズナブル。ここなら満足してもらえるだろうかと確認してみたら、二つ返事でオーケーが返ってきた。インド人は揚げ物が好きだし、それに店頭に並ぶ色鮮やかな蠟細工《ろうざいく》のサンプルを見て、すっかり心を動かされたらしい。

今日のお薦めランチコースは豚肉と海老《えび》に、それぞれ野菜を組み合わせた串カツになっている。これならインド人にも大丈夫。

時間はすでに午後の二時近い。お昼から外れた時間なので、店内もすいているし、注文した品もすぐにテーブルに運ばれてきた。

望自身すっかり空腹で、「どうぞ、召し上がって下さい」と言ったあと、早速自分も串に手を伸ばして一口嚙《か》みついた。その途端、思わず絶叫。

「ちょ、ちょっと待ったーっ！」

と叫んだのはもちろん英語。店内にいた人がぎょっとして一斉に望を見る。が、そんなことを気にしている場合じゃない。串を手にしているインド人にしばし待ってと声をかけ、側にいたウェイトレスを捕まえて聞いた。

「こ、これって、もしかして牛肉じゃない…？」

「はい。今日のお薦めランチの豚肉が売り切れたんで、牛肉と海老の串カツになってますけど」

ケロリとして言われても困る。店にしてみれば、牛肉の方が高いんだからサービスのつもりかもしれないが、望にしたらとんでもない。

「ダメじゃん！」

と思わず叫んだ望に、ウェイトレスが「はぁ？」と奇妙な顔をしてみせる。

「あっ、いや、ダメなんですよ。牛は。他のにして。牛以外の肉にしてっ」

インド人は牛肉を食べない。ヒンズー教では牛は聖なる動物で、神の使いだから食べるなんてもっての外《ほか》。

慌てて、向かいに座って串を持ったまま動きを止めているインド人に事情を説明して、すぐに他の肉を用意しますからと言った。牛肉を食べさせたなんてバレたら商売が台無しにだってなりかねない。

（危ないところだった〜）

たっぷり冷や汗をかいて、すでにぐったり。昼食ですでにこれかよと、とっても嫌な予感がした。そして、案《あん》の定《じょう》その日の午後は秋葉原《あきはばら》で「俺はツアーガイドかい」ってほど歩き回らされた。

とにかく連中はなかなか買わない。ほしいものがあってもとことんリサーチする。店員の説明をいちいち通訳させられたのにも参った。

インドではかなり裕福な階級の連中なんだろうが、日本の物価が高いのか、あるいは買い物には慎重な性格なのか、はたまたケチなのか。多分そのどれもなんだろう。

やがてそんな買い物地獄もすませて、夕刻が近づき彼らの宿泊しているホテルへと送り届ける。もうこの頃には、望はすでに二十時間くらいぶっ通しで働いた気分になっていた。

シャワーを浴びて夕食までの時間休むという彼らと別れて、一人ロビーで課長と部長がやってくるのを待った。その間に、携帯電話のメールと留守電のチェックをする。

緊急の連絡は特にない。ただ古賀からジョーク混じりに『牛食わせてんじゃないぞ』というメッセージが入っていた。シャレになっていないと、思わず苦笑が漏れる。そして、もう一件、篤広からもメールが入っていた。

『明日も多分会えないだろうから、土曜日楽しみにしている。頑張れよ』というメッセージ。液晶画面に写ったそんな文字が、くたびれきった体になんだか優しく感じられる。

ホテルのロビーで飲みたくもないコーヒーを飲みながら、いつまでもそのメッセージを眺めていた。

いつものオフィスで仕事をしている篤広は、今日はどんなネクタイを締めているんだろう。昼は同じ会社の女の人と食べに行ったんだろうか。企画書を来週中に提出すると言っていたけれど、仕事はすすんでいるんだろうか。そんなとりとめもないことを考えながら、時間を潰す。

思えば古賀のことをこんな風に考えることはなかった。あいつはあいつで俺は俺、いつもそう思っていた。でも、篤広のことを考えると、なぜか自分も頑張らなければという気になる。

自分とは比較にならないほど有能で、英語もドイツ語もできて、頭もキレる。そんな篤広に対して抱く思いは、妬《ねた》みや羨みじゃなくて憧《あこが》れに近いものがある。

あんな風になれるとは思わない。でも、心のどこかで彼に認められるような仕事がしたいと思っている自分がいる。

(なんでだろう…?)

会社も違えば、やっている仕事も違う。なのに古賀じゃなく、課長じゃなく、自分の頑張っているところを理解してもらって一番嬉しいのは篤広なのだ。

携帯電話を胸ポケットに入れると、望はロビーのソファでぐったりと体を沈める。しばらくの間目を閉じて、ぼんやりと篤広の顔を思い浮かべていた。

そして、ふと電話してみようかなと思い立ち、もう一度ポケットから携帯電話を取り出す。そのとき、課長と部長がロビーに入ってくるのが見えた。

「若林、お疲れさん。連中は今、部屋か?」

課長に声をかけられた望は、結局篤広への電話をかけることもないまま、夜の接待に出かけた。

□■□

翌日の金曜日も丸一日、自分のデスクに座ることはできなかった。

午前中はまたしても都内観光につき合わされて、午後からは最終のミーティング。会議室の時計だけ進むのが遅いんじゃないかと思うくらい長い時間こもりっきりで、最終の契約条件を確認していた。

プライベートな観光にもずっとつき合っていたせいか、すっかり打ち解けていた連中は望に向かって様々な質問を浴びせてくる。横で課長が睨みをきかせていることもあり、とにかく契約を取りつけるまでは引き下がれないと必死で頑張る。

商売の交渉は国内営業でもある程度経験していたつもりだが、海外営業はやっぱり勝手が違う。それでも最後には望の粘り勝ちで、東亜が提示した条件と価格でＲＢＰ社との契約を成立させた。

翌日、クライアントはインドへ帰国して、望もやっと接客から解放された。その夜、部長の奢《おご》りで食べに行った焼き肉は、もう涙が出るほどおいしかった。

インド人がいなくなっても、まだ一仕事残っている。

土曜日の朝はさすがにいつもの時間に起きることができず、会社に出社したのは十時過ぎだった。すでに何人かの休日出勤の人間がデスクに向かって仕事をしている。いつもと違うのは誰もがスーツ姿じゃなくて、カジュアルな休日スタイルってところ。

望もTシャツにパーカー、ジーンズとスニーカーという格好で出勤してきた。とりあえず一階のカフェで買ってきたコーヒーを飲みながら、メールのチェックをする。

どうでもいいメールが数件と、急ぎじゃないのが数件。そして、重要マークのついたメールが一件あった。同じ部署の恵美からのメールで、送信は昨日の夕方になっている。

『予算のデータですが、私がわかる範囲で整理しておいたのでファイルを送っておきます。利用できるようでしたらどうぞ。休日出勤頑張って下さいね』

そして、添付ファイルを開くと、なんと先日望が削除してしまったシートが出てきた。

「ウソッ。マジで！」

よくよく見たら、必要なデータを切り張りし終えて、去年のデータと同じ数字で問題ない部分だけは埋まっている。あとは自分で割り出した来年の予算の数字を入れていけばいいだけだ。これなら思ったより簡単に片づく。

実は、篤広にはああ言ったが、明日の日曜も出勤を覚悟していた望だから、これは本当に有り難かった。

（なんていい子なんだっ。恵美ちゃん、ありがとうっ！）

と思わず心の中で叫んで胸元で指を絡ませ、女神のような彼女に深く感謝。もし恵美が本当に古賀狙いなら、これからは一生懸命バックアップしてやろうと心に誓ってしまう。

気が遠くなるような仕事のゴールが突然目の前に見えてきて、俄然《がぜん》やる気も出てきた。昼までの二時間で顧客別と機種別の統計を出し、サクサクと予算を割り出して入力していく。一度は自分で通った道だから、なんとなく作業が手早い。この調子なら今日中に終わらせることもできそう。が、問題は入力した数字が妥当《だとう》かどうかの判断がいまいちつきかねるところなのだ。

この部署にきて初めての予算の割り出しだから、どの顧客に対してどれくらいの販売予測をたてたらいいものか、望自身が完全に把握できていない。誰かに聞きたくても今日は土曜日で、同じ部署の人間は出ていなかった。ぶっつけ本番で課長に提出したら、きっと訂正が大変なことになるのはわかっている。

でも、今回はクライアントとの打ち合わせの仕事もあったし、仕方がないかとも思う。いずれにしても入力するのが先決と、午前中はずっとそれにかかりっきりになった。そして、ふと時計を見ると十二時半。そろそろ篤広に電話してもいい頃だと思い、携帯電話を取り出した。コール音とほぼ同時に篤広が出る。

「俺だけど。今、会社にいる？　そろそろ昼メシ行かない？」

『おっ、もうこんな時間か。いいよ。下で待ち合わせするか？』

「いや、俺、今からそっちへ上がって行くよ」

べつに一階で待ち合わせてもいいんだけれど、なんとなく篤広の仕事場を見てみたい気がした。

携帯電話を切ると、椅子《いす》にひっかけていたパーカーを羽織《はお》り、エレベータに乗り込む。たまに経理課や総務に書類を提出するために二十階や二十一階に上がることはあるけれど、それ以上は上がったことがない。

二十三階に着いてエレベータが開くと、真っ正面の壁にかかっている「ミュラーコーポレーション」の金の文字と、MCのロゴが入った看板が目に入った。フロア全体を借り切っているため、会社独自のデザインをあちらこちらに施《ほどこ》してある。照明もすべて間接照明になっていて、まるでホテルのロビーのようにお洒落だ。やっぱり外資系はこういうところが違う。

東亜だって十九階は全フロアを使用しているが、こんな風に内装に金をかけたりはしていない。借りたままの、味も素気《そっけ》もないオフィスそのものだった。

二十三階で下りたものの、エレベータホールからどちらへ行けばいいのか迷っていると、すぐに篤広がやってきた。

「ちょうどよかった。俺、ちゃんと場所を聞いてなくて、どっちの通路へ行けばいいのか迷ってた」

それに自分のオフィスもそうなのだが、このビルの室内に入るときはカードキーでロックを解除しなければならない。

「だろうと思って、迎えにきたんだ」

そう言って笑う篤広も今日は休日出勤なので、コットンのパンツにカラーの開襟《かいきん》のシャツ、そしてサマーセーターという格好だ。いつものスーツ姿も板についているが、こういう普段着姿を見ると、モデルでも食っていけるんじゃないかって思ってしまう。

「あと少しでキリのいいところまで終わるから、十分くらい、いいかな？」

篤広がそう言うので、問題ないとばかり手を振って、望は招かれるままにあとをついて行く。そして、通路の左側の部屋にある企画営業部に案内された。

「さすがに外資だねぇ。全員ブースかよ。おまけに休日出勤してるのってお前だけじゃん」

と思わず感嘆。

デスクが部署ごとに島をつくっている典型的な日本の企業とはえらい違い。デスクは四つ一組で頭合わせになっているが、きちんとパーティションで区切られていて、それぞれが仕事に集中できるようになっていた。パソコンの横には作業をするのに充分なスペースもあるし、個人用のシェルフもきちんと備わっている。

書類が多すぎてスペースの奪い合いをしている自分のオフィスを思い浮かべると、なんだか悲しくなってきた。

「そこに座って、待ってて」

と言われて、篤広にすすめられた椅子に腰かける。同じブースの中に座っていてもゆとりのあるこのスペース。ブロイラーの小屋のような本社ビルから逃れてきて、これでも広くなって幸せなんて思っていた、自分の小市民ぶりがますます情けなくなる。

望がそんなことを考えているなんて思ってもいないだろう篤広は、パソコンに向かって英語の入力を続けている。例の企画書らしい。

未だに英語の書類を書くときは、辞書を片手にしている望とはえらい違いだ。きっと英語で考えて、そのまま入力しているんだろう。大学がアメリカだと言っていたから、それくらいは当然とはいえ、ちょっと後ろから篤広の頭を割って、その脳味噌を観察してみたくなる。そんな篤広の横顔を見ながら、ふと思いついたように望が口を開いた。

「そういえばさ、昨日、一昨日《おととい》はインド人と打ち合わせして、市内観光のアテンドさせられてたんだけど…」

とそこまで言って、自分がしゃべっていて篤広の気が散らないか聞いてみたら、あっさり平気だと言われた。今はまだラフなアイデアのベタ打ち段階だから、それほど集中力を要するわけでもないと言って、望の話を促《うなが》す。

「インド人って本当に難しいよな。俺、二日で一週間分くらい働いた気がしたよ。今までずっと国内営業だったからさ、海外営業のしんどさを身を持って学んでる感じがする」

「日本人同士のなれ合いや、本音とたてまえトークは一切通じないからな。俺の上司はドイツ人だって言っただろ。協調性を求めたり、勤勉で正確さを好むとか、比較的日本人と似た部分もあるとはいえ、やっぱり難しい点もある。でも、先進国とのビジネスはまだつかみどころもあるけれど、宗教、文化、経済状態とか、何から何まで違っている国ではそれなりに厳しいものがあるだろうな」

「そうなんだよな。俺、あやうくインド人に牛肉食わせるところだった」

と言って肩を竦《すく》めると、望はアテンドの顛末《てんまつ》をかいつまんで話した。それを聞いて篤広がクスッと笑いを漏らす。

「そりゃいろいろと大変だったな。でも、想像できないでもない。実は俺も向こうの大学で最初の半年は寮に入っていたんだが、同室がインドからの留学生でね。トラブルがなかったって言えば、嘘になる」

「えっ、そうなの？」

篤広のアメリカでの学生時代ってのはすごく興味がある。向こうの大学で何を専攻していて、どんな風に過ごしていたんだろう。

「最初に疑問に思ったのは、連中のカースト制度かな。寮の同室だった人間が新入生なんだけど、キャンパス内で上級生のインド人にあれこれと雑務を言いつけているのを見て、おかしいんじゃないかと思って聞いたことがある」

出たよ、カースト制度と望も思わず頷く。

「聞けば、その上級生の方が新入生の彼よりカーストでは下の地位だったんだ。宗教が絡んでいる問題だから、いちがいにこちらの意見を言うわけにもいかないが、アメリカで学んでいてあれはちょっとどうかと思ったな」

インドの憲法ではいかなる人にも差別をしてはならないとある。けれど、カースト制度は今でもきっちりと残っているし、それを外国人が理解するのはかなり難しい。

「で、アメリカではずっとそいつと同室だったのか？」

「いや、半年ほどで俺はキャンパスの外に部屋を借りたよ。ちょうど仲のいいドイツ人の友人がいたんでね」

「ドイツ語を習ったのって…」

と望が聞くと、篤広は頷いた。

「そう。そのときの同室の彼にね。もっとも、ドイツ語だけじゃなくて、いろいろと教えられたけどね…」

「ふぅーん。それが今、こうして仕事に活用されてるってわけか」

ひたすら感心している望に向かって、篤広がちょっと困ったような顔で笑った。その表情がなぜか気になって、しばし沈黙。

（…いろいろってなんだ？）

日本の大学生だと先輩や友人にちょっと悪い遊びなんか教えられたりして、酒やらギャンブルやらを覚える奴も多いけれど…。

と、そのときふっとあることに思い至った。望は頭を振って、それはないんじゃないかと自分の考えを打ち消す。が、一度気になり出したことはなかなか自分の頭から追い出せなかった。

話が途切れて、篤広がキーボードを叩く音だけが響く。モニターを見つめている横顔は、男でもうっとりするほど整っている。こんな顔に生まれついていれば、自分の人生ももっと華やかだったかななんて考えてしまう。でも、篤広は顔だけの男じゃない。自分の周りでは古賀はかなりイケてる男だと思っていたが、同性の友人のことを考えてこんな風に心を奪われることなんてなかった。

どうして篤広のことはこんなにも気になるんだろう。彼の何が気になっているのか自分でもよくわからない。

そして、また思い出したあの日のエレベータの中での行為。篤広に握られた自分の手をじっと見つめながら、望はボソリと呟いた。

「あのさ、お前ってもしかしてゲイか…？」

キーボートが打つ手がピタリと止まり、椅子ごと振り向いた篤広がものすごく奇妙な顔をしている。そんな顔をされたら、あのとき手を握られたのは自分の錯覚《さっかく》だったのかなって思ってしまう。

とんでもなく失礼なことを聞いてしまったかもと、望は焦って自分の言葉を取り消す。

「い、いや、冗談、冗談。お前っていい男のくせにつき合ってる女もいないって言うし、ちょっとからかった…」

だけと言いかけた望の言葉を遮《さえぎ》って、篤広がいきなり立ち上がったかと思うと言った。

「冗談じゃないさ。俺はそうだけど、望はどうなんだ？」

「えっ？　俺？」

申し訳なかったとフォローしている最中に自ら同性愛者だと公言されて、そればかりか「お前は？」と聞かれても困る。

なぜ困るかといえば、実は篤広に出会ってからの自分をしみじみと考えてみて、「全然違う」と言い切る自信がなかったりするから。もちろん、肉体関係を想像したらちょっと無理だろうと思うんだけれど、精神的にはかなり怪しいことになっている。

人間ってこんなに簡単に宗旨《しゅうし》がえできるもんなんだろうか。でも、今、自分がそんな状況に片足突っ込んでいるんだから、できないこともないらしい。

そして、目の前に立っている篤広を眺めてふと思った。自分はともかく、目の前の男は間違いなくゲイで、そいつと土曜のオフィスで二人きりってのはどうしたもんだろう。篤広の理性を疑うわけじゃないが、ことと場合によっては貞操の危機かもしれない。

とりあえず「自分もゲイか否《いな》か」は横に置いておいて、望がヘラッと笑って言った。

「なぁ、そろそろ腹減らねぇ？　とにかくメシ食いに行こっか？」

そんな望の言葉に、気がそがれたように篤広が噴き出した。笑うとできる右頬のえくぼ。こんなにいい男なのに、そこだけが妙に可愛い。だから望も一緒にクスッと笑みを漏らしてしまった。

□■□

意識しないでおこうと思っても、無理ってなエレベータ。数十秒が数分にも感じられて、心臓をバクバクさせながら篤広と一緒に一階へと下りてきた。

「さてと、どこで食べるかな」

と二人して辺りを見回すが、今日は土曜日なので、典型的なこのオフィスビルに入っている店舗はほとんどがシャッターを下ろしている。営業しているのはいつもコーヒーを買うカフェくらい。

外に出てもどうせ事情は同じ。どうしようかと考えていると、ビルの回転扉の向こうから古賀がやってくるのが見えた。

「望、仕事はどうだ？」

と言ってこちらに駆け寄ってきたが、望の側にいる篤広を見るなり眉間に深い皺を刻んでいる。考えてみたら、この二人をきちんと紹介していなかった。篤広の方はまだしも、古賀が一方的に嫌っているのを知っているから、なんとなく二人を同席させないようにしていたのだ。

「古賀、どうしたんだ？　お前も仕事が溜《た》まってんの？」

「お前が予算に手こずってるっていうから様子を見にきたんだろうが。俺は今年で三年予算を作ってるからな。少しは要領もわかってるし。それより、なんでこいつが一緒なんだ？」

と、望には笑顔で答えながらも、篤広の方を見るなりケンカ腰になる。

「篤広も仕事なんだよ。で、今一緒に昼メシ食いに下りて…」

きたところだと言いかけた望を押しのけて、古賀が篤広に向かって言った。

「あんたさ、望に変なちょっかいかけないでくれないか？」

いきなりそんな風に言う古賀に驚いた。なんでそんなにまで篤広に対してだけ敵意をむき出しにするんだろう。いつもの穏《おだ》やかで、人好きのする古賀はどこへいってしまったんだと聞きたい。

わけはわからないが、とにかく篤広に対するそういう態度はよくないと思う。そこで望が二人の間に割って入ろうとしたら、今度は篤広の方がズイッと身を乗り出してきた。

見ればこちらも日頃の好印象を吹き飛ばして、とっても険しい目つきになっている。そして、真っ直ぐに古賀を見ると言った。

「変なちょっかいってのは、この間エレベータで手を握ったことを言ってるのかな？」

いきなり、望自身もなんでだろうと思っていたことを口にされて、ハッとする。それに、この件はなんとなく恥ずかしいような気がして、古賀にも話していなかった。

そんなことは初めて聞いたぞとばかり、古賀が望の方へと向き直ってたずねる。

「おい、そんな真似《まね》されてたのかっ？　だから言っただろ。だれかれ構わず懐くんじゃないって。ああ、まったく、お前は放っておくとこれだから…」

手を握られたくらいでそんなに大騒ぎするほどのことなんだろうか？　そりゃ篤広はゲイらしいが、押し倒されたわけでも、キスされたわけでもない。たかが手を握られただけだ。

自分が目を吊り上げているのに当の本人がのんびりとしているので、これ以上何を言っても無駄だと思ったのか、古賀はキッと篤広を睨むと言った。

「あんた、ゲイだろ。同じ匂いの奴はわかるんだよっ」

――同じ匂い…？　一瞬首を傾げたあと、望が叫んだ。

「ってことは、古賀、お前もかいっ！」

驚いたなんてもんじゃない。入社してから一緒の寮で暮らしたこともあるというつき合いなのに、今の今まで古賀がそうだなんて気がつかなかった。

(どうりで、彼女がいないはずだわ…)

と、思わず納得すると同時に、恵美の顔が思い浮かんで複雑な心境になる。

「望を驚かせたくなかったし、バレて引かれるのも嫌だったから今まで黙っていたけど、もういいや。こんな奴にみすみすお前を渡す気はないからな」

「いや、渡すも何も…」

自分と篤広はただの友人だし、それを言うなら古賀とだって友人のつもりだ。望個人としては、犯罪さえ犯さなければ人の性的指向なんてどうだっていいと思っている。

ただ、問題は友人だと思っていた二人が、どうやら自分を好いているらしいってことだ。それも恋愛対象として。

「俺が誰を好きになろうと勝手だと思うが」

篤広が胸を張って言えば、

「ああ、お前の勝手だ。ただし、望以外ならな」

と顎を突き出して古賀が言い返す。

「ちょっと待て、お前ら、俺の意見は聞かないのか?」

当人を抜きにして、勝手に話を進めてもらっちゃ困るのだ。恋愛は相手あってのことってのは男と女だろうが、男同士だろうが、基本中の基本じゃないのか。

俺にも一言言わせろと、睨み合う二人の間に勢いよく立ちはだかったのはいいけれど、何を言えばいいんだろう。が、望が口を開く前にグゥ～ッと文句を言ったのは、腹の虫だった。

「あれ、腹が鳴っちまった…」

ヘラッと笑ってそう言った望を、篤広と古賀が同時に見下ろす。その呆れたような目つきが、いかにも「大切な話をしているときに無粋《ぶすい》なっ」と言っているようで申し訳ない気分になる。

けれど、ちょっと考えて、自分が申し訳なく感じる理由はないだろうと開き直ると、二人に向かって怒鳴った。

「とりあえず、メシだっ、メシっ！」

その言葉で、二人は互いに距離を取りながら望の後ろをついてくる。

成りゆきで三人揃って昼食を食べに出ることになったが、事情が事情だけに間に挟まれている望はかなり気まずい。

土曜日でも開いてる店を探してオフィス街をうろつくのも面倒で、結局駅前の牛丼屋に入ることにした。そこはカウンター席しかない店だから、望が真ん中に座って左右に篤広と古賀が座る。

考えたら、自分は結構珍しい体験をしているんじゃないだろうか。自分のことを好きだと言う男二人に挟まれて、牛丼屋で昼メシ…。

古賀を見たら、昨日までの友人がなんだかちょっと違う男に見えてくる。また、反対側を見たら篤広がいる。最初に出会ったときからハッとするほどいい男だと思っていた。そして、知れば知るほどたいした奴だと思っている男だ。

「はい、牛丼、並三つ。お待ちどうさまですっ」

店員の威勢のいい声とともに三人の前にどんぶりが並ぶ。そして、箸を手にしてとりあえず食べ始める。一口頬張って、望はチラリと篤広を見た。同じように牛丼を食べている姿がちょっとおかしい。

「何がおかしいんだい？」

望の頬が弛《ゆる》んでいるのを見て、篤広がたずねる。

「お前っていい男すぎて、牛丼屋とか似合わねぇよな。俺、牛丼屋の似合わない日本人の男って初めて見たよ」

それを篤広への誉め言葉だと聞いたのか、反対側に座っていた古賀がムッとしたように言う。

「お前みたいに見るからにタラシっぽい奴は、女を口説《くど》いて、イタ飯《メシ》屋でスカしてりゃいいのによ。何を血迷って望にちょっかいかけてやがんだ」

「そういう君は牛丼屋がとてつもなく似合うよ。一生牛丼食ってるといい。だいたい入社当初から望と友人だそうだが、それくらいで大きな顔をされるのはすごくムカツクんだけどな」

片やタクワンを箸で摘《つま》みながら、片や味噌汁の椀《わん》を持ちながら、望を挟んで睨み合っている。こんなケンのある言葉のキャッチボールの間で食べていたら牛丼がマズくなる。

「いいから、二人とも黙って食えっ！　それから、メシ食ってるときは俺のことでケンカするな。せっかくのメシも食った気がしないっ」

と文句を言ってみるが、二人の睨み合いはおさまりそうもない。

昨日まで望の人生は平和だった。仕事はキックてもしょうがない。でも、プライベートで、こんな風に同性相手の恋愛沙汰《ざた》に巻き込まれるとは夢にも思っていなかった。いったいこの先自分はどうしたらいいんだろう。

インド人とのつき合いと、ゲイとのつき合い。どっちが難しいのかとしみじみ考えてみる。結論はといえば、どっちも難しい……。

午後は古賀と肩を並べて、来年度予算の入力した数字のチェックをする。

「望、この機種はこの数字で大丈夫か？　製造から七年たってるし、部品のスペアがそろそろ製造中止になるはずだ。あまり大きく予算に組み込まない方がいいぞ」

「RBBP社向けのやつだよな。やっぱり増産はなしで組んだ方がいいかな。そうすると全体の数字が小さくなるしなぁ」

それは望が篤広の手助けで、カタログの英訳をファックスしたあと、アテンドで泣かされながらも契約にこぎつけた機種だった。商売の売り上げが立つのは来年だから、ある程度の数字を入力しておいた方がいいと思った。でも、確かに古賀の言うとおり、古いタイプだし、今後は淘汰《とうた》されていく機種には違いない。

「こういう場合は新型の方に数字をのせておけばいいさ。新型ならたとえ来年中にさばけなくても、数年の間に出してしまえばいいから、工場もあまりうるさく言ってこない」

古賀のアドバイスにしたがって数値を変更し、その部分にはアスタリスクで注釈《ちゅうしゃく》を入れておく。

「数字的に少々妙なことになっても、注釈がきちんと入ってれば案外突っ込まれないもんさ。それより、適当に数字合わせをしておくと、来年に吊るし上げを食う可能性が高いから気をつけろよ」

そういうものかと、モニター上で数値を修正していく。そして、何度か打ち出しをして、式計算の入力間違いがないか、重要なところは電卓でも確認をしてみる。

「よっしゃーっ！　完璧だっ」

全部の機種、顧客別の統計を合わせて、来年度予算が完成した。これなら月曜の朝一に、自信を持って課長に提出できる。

「やったな。初めてにしては上出来だぞ」

古賀もそう言って、思わず二人して手の平をパシッと合わせたあと、グッとその手を握り合って互いに肩を抱き合う。いつもの他愛ないじゃれ合いだったが、ハッとしたように望の方から体を離してしまう。すると、古賀が複雑な表情を浮かべて笑った。

「バカ。心配すんなよ。これくらい、いつものことだろ。俺は上の階の誰かとは違って、理性ある人間だからな。エレベータでセクハラしたりするような男とは違うんだ」

冗談まじりに言っているが、そんな古賀の表情でさえ昨日までと違って見える。

でも、篤広の行為がセクハラとは思っていないし、古賀の心の内を知ったからといって嫌悪感もない。だから、もちろんどちらとも距離を置くつもりはない。

ただ、相手の気持ちを知ってしまったからこそ、こっちも気遣《きづか》うべきなんじゃないかと思っているだけ。今、咄嗟《とっさ》に体を離したのだって、自分が古賀の気持ちにきちんと応《こた》えられるかどうかわからないのに、不用意に触れてはいけないような気がしたから。

「とりあえずは、今までどおり友達だろ？」

古賀が「そうだよな？」と縋《すが》るように望を見つめている。友達だからこそ、そんな目をさせたくない。望だって、古賀のことは好きなのだ。それが、古賀の望に対する感情とは違っていても、彼から想われていると知ってむしろ嬉しいと感じている自分がいる。だから、きっぱりと言った。

「当然っ！」

そして、望は古賀ともう一度互いの手の平をパシッと打ち合わせると、今度は望の方からぎゅっと古賀の肩を抱いて言った。

「マジで助かったぜ。予算ができなけりゃ、俺は月曜の朝には失踪《しっそう》してたかも。感謝の印に今夜は奢ってやる。飲みに行こうぜ」

そう言った望の言葉に、本当に嬉しそうに笑った古賀の顔。それは友人付き合いが始まって以来初めて見るような、心の底からの笑顔だった。

望はデータを保存して、自分のデスクの周りを片づけ、パーカーを手にＩＤカードを休日出勤に合わせてスライドさせる。タイムシートへの記録を終えると、古賀と一緒にオフィスを出た。二人してエレベータに乗り込むと古賀が望の肩に手を回して聞いた。

「で、どこへ飲みに行く？」

「駅の向こうの『磯屋』って焼き鳥屋。うまいって評判だから」

「焼き鳥屋か。まぁ、贅沢は言わないさ。望の奢りならな」

「あのな、今日の残業手当はお前らに奢ったらパァなんだぞ。焼き鳥屋で充分だってぇのっ」

と言った望の言葉に、古賀が「えっ？」とばかり、怪訝《けげん》な表情を浮かべる。

「お前らってのはどういうことだよ？」

「だから、お前と篤広だよ」

「なんで奴が一緒に飲みに行くんだよ」

「なんでって、本当は今週末一緒にバイクでツーリングに出かける予定だったんだよ。それを俺の休日出勤でキャンセルしちゃったからさ、せめて夜は一緒に飲みに行こうって約束してるんだ」

なんてやりとりをしているうちにエレベータが一階に着いて、ロビーに行くと、そこにはすでに篤広が待っていた。

「お待たせー」

声をかけた望に向かって篤広が嬉しそうに手を振る。が、隣の古賀を見るなり言った。

「なんだ。午後中一緒にいたのか？　この男に妙な真似《まね》はされてないだろうね？」

と言う篤広の言葉には、古賀も目を吊り上げて反論したが、望だってしっかり言い返す。

「バカ言ってんじゃねぇよっ。うちはバリバリの日本企業で、不況に喘《あえ》ぐメーカーだぞ。ブースなんて贅沢なスペースじゃないんだ。広いフロアは大部屋状態なんだぞ。おまけに休日出勤している奴はそこここにいるっていうのに、どんな妙な真似ができるんだよ」

そんな望の言葉の尻馬にのって、古賀は篤広に向かってシッシッとばかり手を振ってみせる。

「そういうことだ。誰もかれもが自分と同じセクハラ野郎だと思うなよ。それに俺達は今から飲みに行くんだからな。邪魔してないで、とっとと帰れ」

「冗談だろ。先に望と飲みに行く約束をしていたのはこっちなんでね。そっちこそ遠慮してくれないかな」

古賀の言葉を真に受け、眉を吊り上げて篤広も言い返す。

昼と同じように二人はまた睨み合う。どっちも会社の女子社員が見たら幻滅しかねないような、大人げのない態度だ。

「一緒に行けばいいだろ。どうせ俺の奢りなんだから、どっちも文句言うな」

そう言って望は先に立って歩き出す。その後ろを古賀と篤広が互いの存在を意識しながら、いかにも嫌そうについてくる。

別々につき合っている分にはどちらも頼りになるいい奴なのに、どうして二人揃うとこうも厄介な連中になるんだろう。

あんまり大人げのない真似をするようだったら、女子社員に吹聴《ふいちょう》してやるぞと脅してやろうかと思った。でも、ちょっと考えて望は頭を振る。

(どっちもゲイなんだから、オンナの評判なんか意味ねぇじゃん…)

安くて、うまいと評判の焼き鳥屋に腰を落ち着けた三人。ここでも望を真ん中に挟んで、カウンターで飲んでいる。

「おたく、大学はアメリカなんだって？　向こうじゃ結構遊んだクチか？　男と」

古賀が嫌味たっぷりに言う。昼間に、ドイツ人の友人と一緒に部屋を借りていろいろと教えられたって話を聞いているだけに、篤広に代わって望が赤面する。

「そういうそっちは寮では望と同じ部屋だったたって？　懺悔《ざんげ》しなけりゃならないようなやましいことがあるなら、今聞いてやるから言ってみろよ」

古賀を疑うわけじゃないが、もしかして自分が同じ部屋で爆睡している間にそういうことがあったらどうしようと考えて、これまた赤面してしまう。

「はい、焼き鳥盛り合わせお待ちっ！」

運ばれてきた皿を受け取りながら、望が溜息を吐く。マジでこのままじゃ酒も焼き鳥もマズイ。だから、徳利《とっくり》を片手に一気に手酌《てじゃく》で二、三杯飲むと、二人に向かって言った。

「なぁ、仲良く飲もうぜ。せっかくの週末なんだしさ。俺の奢りなんだからさ」

すると、古賀が似合わない態度で、拗《す》ねたように言う。

「俺は望と二人っきりで仲良く飲みたいのに、こいつが邪魔するんじゃねぇか。ほら、あんまりそっちへ行くなよ。また何するかわかんないからな、こいつは」

「そういうそっちこそ、望を見ながら数年間も指をくわえて我慢してたんだろ。そろそろ我慢の限界じゃないのか。気をつけないと、欲求不満のあげくキレたゲイほどヤバイもの

はないからなぁ」

篤広も、せっかくいい男がそういう態度はどうよってな調子で言う。

「どっちもうるさいよっ。もうホモでゲイでもいいから、酒くらい楽しく飲めっ！」

間に挟まれている鬱陶しさに思わずそう叫んで、手にしていた軟骨《なんこつ》にかぶりつく。

なんでこんな酒の飲み方をしなくちゃならないんだろう。頭にきたからますます手酌酒。

焼き鳥をかじっては酒を煽《あお》り、酒を煽っては焼き鳥をかじる。すると、そんな様子を見た
古賀が心配そうに望の持っている徳利を取り上げた。

「おいおい、お前、たいして強くもないくせに無理して飲むなよ」

「えっ、望、酒は弱いのか？」

篤広も慌てて望が手にしていた猪口《ちょこ》を取り上げる。

「うるひゃいよ。もう、俺はしらん。インド人もお前らもおんなじくらいわかんにゃい」

と言いながら、椅子の低い背もたれに体をあずける。

「うわっ、危ないっ。望」

「ひっくり返るよ。ほら、気をつけて」

と左右から二人の手が出てくる。有《あ》り難《がた》いような、鬱陶しいような。もうわけがわかん
にゃい…。

□■□

「水ぅ…」

と呟いた自分自身が酒臭い。暗闇で目を覚ましてみれば、なんだか馴染《なじ》みのない感触の上に横たわっていた。手を伸ばしてその辺りを探ってみれば、どうやらベッドの上らしい。

そして、顔を上げると、隣の部屋からあかりがもれているのがわかった。

のそっとベッドから起き上がって、あかりの方へと歩いて行く。歩きながらいつの間に自分が眠ってしまったんだろうと考えた。

(えっと、三人で焼き鳥屋で飲んでいて…)

確かに酒は強くないけれど、あんまりにも早く潰れすぎたような気がする。多分今週の疲れが溜《た》まっていたんだろう。接待も続いていたし、週の頭から寝不足だった。

それにしても、ここはどこだろうとあかりのもれるドアを開けて驚いた。

「うわっ。何やってんだ、こいつら…」

リビングのコーヒーテーブルを真ん中に、向かい合って篤広と古賀が酔い潰れている。

古賀の部屋には何度も行ったことがあるから知っている。ということで、見慣れない家具とリビングの様子から、ここが篤広の部屋だとわかった。

部屋全体がダークグリーンと白で統一された、なかなかお洒落なスペース。そんな部屋の床には空になった日本酒の五合瓶《びん》が三本転がっている。

「うへぇ～、こいつら、あれからまだ飲んでたのかよ」

古賀が酒に強いのは知っていたが、篤広も相当飲めるらしい。日本酒なら二合も飲んだらフラフラになる望は、二人の酒豪《しゅごう》ぶりに呆れるばかり。

とりあえず勝手にキッチンに行って水道をひねり、両手で受けた水を飲む。酒で渇《かわ》いた喉がひんやりと潤《うるお》って気持ちがいい。と、そのとき自分が飲み屋の代金を払っていないことを思い出した。

今日は俺の奢りだと言っておきながら、最初に酔い潰れてしまった。多分、篤広か古賀が払ってくれたんだろう。ちょっと申し訳ない気もしたが、今度昼食を奢ってやればいいやと思って、また水を飲む。

そうして、思う存分水を飲んだあと、リビングにもどってきて篤広と古賀の姿を見たら溜息が漏れた。

春とはいえ、その辺に転がって眠っていたら風邪《かぜ》をひくかもしれない。床の上に正体なく横になっている古賀の頭に、ソファの上のクッションを取って敷いてやる。それから自分の羽織っていたパーカーをかけてやった。

今日初めて古賀の本当の気持ちを聞いた。そう言われてみれば、いろいろと思い当たることがないわけじゃない。

寮の同じ部屋で、望と古賀は研修の最後の日までいい関係でいられた。その後は海外営業と国内営業に別れたときもあるが、今はまたこうして同じビルの、同じフロアで仕事をしている。新しい部署で戸惑《とまど》うことの多い望を、古賀はいつも助けてくれた。誰よりも気の合う友人だと思っていた。

でも、どんなに気が合っても、考え方、価値観の違いなどを感じてしまうのが普通の人間関係ってものだ。なのに、古賀と自分の関係はうまくいきすぎていたような気もする。

それは、やっぱり古賀が望に合わせていてくれたからじゃないだろうか。すべては「好き」という気持ちだけで。

「そりゃ、俺も好きだけどさ…」

床の上にしゃがみ込み、酒に酔った古賀のちょっとだらしない寝顔を見ながら呟いた。

会社の中では恵美に限らず、古賀狙いの女子社員が多いのだって知っている。篤広と比べたって遜色《そんしょく》のないほど、いい男だと思う。そんな古賀に、自分の鈍《にぶ》さのせいで随分《ずいぶん》辛い思いをさせてきたのかもしれない。

そして、古賀の前にしゃがみ込んだまま首を捻り、側で横になっている篤広を見た。

ひょんなことから知り合って、初めて一緒に昼食を食べたときには見た目だけじゃなく、話しても感じのいい奴だと思った。同じ歳だと知り、趣味がバイクだと聞いたときにはさらに親近感を覚えた。

でも、とても同じ歳とは思えないくらい有能で、自分もあんな風になれたらと思った。仕事なんて与えられたものをこなしてさえいればいいと思っていた望だけれど、仕事ができる男がカッコイイと思ったのは初めて。

そんな憧れにも似た感情を抱いていた篤広が、自分を昔からの知り合いのように受け入れてくれたのが嬉しかった。

目を閉じている篤広の横顔もまた、酔いのせいで口元が少しだらしない。でも、そんな様子までセクシーだと思わせる整った顔。いつものようにきちんとセットしていない髪が、額にたれているのさえ色気がある。

男を好きになるなんて、この歳まで考えたこともなかった。でも、もしかして今自分は初めてそれを体験しているんだろうか。

そんなことを考えながら、篤広にも何かかけてやった方がいいだろうと思い、寝室へ戻って薄手の毛布を運んできた。

「まったく、こんなに飲んで、明日どうなっても知らないぞ」

望が独り言を呟きながらその毛布をかけてやったときだった。突然体を起こした篤広が、望の手首をしっかりとつかんだ。

「うわっ！」

驚いた望はその場で尻餅《しりもち》をついてしまう。すると、篤広が悪戯《いたずら》っぽい笑みを浮かべ、人差し指を立てると自分の唇に当ててみせた。古賀が起きるから静かにしろっていう意味なんだろう。

「な、な、なんだよっ。起きてたのか？」

「まぁね。それにしても、こいつ結構強いな。酔い潰すのにえらく時間がかかってしまったよ」

と言っている顔は案外ケロリとしている。

篤広はムクッと起き上がると、じっと望の目を見つめて微笑む。ものすごく整った顔なのに、笑うと甘い印象が漂うのはやっぱり片えくぼのせいだ。そして、望は彼のそれが嫌いじゃない。

「あの、手、離して…」

と言ったら、篤広が首を横に振る。

それどころか、手首を握ったまま立ち上がると、そのままさっきまで望が一人で眠っていた寝室へと引っ張って行く。

「あの、ちょ、ちょっと待って…」

抵抗してみても、それが本気じゃなければ、力強い篤広の手には敵《かな》うわけもない。寝室のライトがつけられて、オレンジ色の淡い光の中で互いに見つめ合う。部屋の照明のせいもあるんだろうが、少し瞼《まぶた》の落ちた篤広の瞳を見ていると、ケロリとしていながらも、まんざら酔っていないわけでもないとわかった。でも、これって、危なくないか？

と思ったのは、篤広の強引な行動よりも、そんな彼にすっかり押され気味の自分自身の方だった。

「日本に戻ってからはまともに色恋沙汰で悩んだことはないんだ。仕事も忙しかったしね。でも、こんな気持ちは久しぶりで、自分でも正直戸惑っている」

篤広は望の頬に大きな手をそっと添えると、言葉を続けた。

「望のことは去年の秋頃からあのビルで見かけるようになって、それからすぐにとても気になる存在になったよ。何度も声をかけようと思って、できないでいたんだ。本気の恋になると、チャンスはあっても意外と勇気がでないもんなんだな」

去年の秋といえば、ちょうど望が転属になった半年前だ。そんな以前から自分のことを見ていてくれたなんて、嬉しいかもしれない。

それにいつも自信に満ちた篤広なのに、ちょっと臆病《おくびょう》なことを言うのがなんとなく新鮮だった。まるで自分よりもはるか上にいた男が、すぐ側まで下りてきてくれたような気がする。

「俺、その…、よくわかんないんだけど、どうして俺なわけ？」

古賀といい、篤広といい、なぜ自分がいいと言うんだろう。今までノーマルな恋愛しか経験のない望にしてみれば、素直な疑問だった。

するとと篤広がクスッと笑みを漏らす。

「そうだな。どうして望なんだろうな。世の中の半分は女なのに、どうして俺は女を恋愛対象に見られないんだろう。そして、残りの半分は男なのに、その中でどうして望なんだろう。理由を聞かれてもうまく言葉にするのは難しいよ。でも、望の少し甘えたところが可愛いと思う。我《が》が強そうでいて、気は弱いみたいだし、なんとなく庇護欲《ひごよく》を刺激されてるってのはある」

あんまりいいことを言ってもらってる気がしないんで、これじゃ喜べない。複雑な表情で見つめていると、篤広が望の耳元に自分の唇を近づけて、囁《ささや》くように言った。

「なんとなく放っておけない気がするんだよ。望っておおざっぱな性格みたいに見えるけど、わりと繊細《せんさい》だろ？　軽そうに振る舞っていても、人が見ていないところでは結構一生懸命になってしまうタイプじゃない？」

じゃない？　って言われても自分のことは案外自分ではわからない。そんな風に見られていたのかって改めて知ってしまった。

「望は俺のことをどう思ってるの？　古賀君のことは好きなの？」

そんなことを聞かれても、すぐには考えがまとまらない。それでなくても酒は残っているし、今の自分がまともな判断のできる状況にあるとは思えない。

真夜中に、こんな照明を落とした寝室で、男でもうっとりするような顔をした篤広と二人きり。甘い言葉を囁かれて、背筋をゾクゾクさせているのはどうしてなんだろう。

「俺に触られるのって気持ち悪い？」

そう聞いた篤広が、望の頬に添えていた手を少しずらして、首筋からうなじを撫でた。

「ああっ……」

思わず声が漏れてしまったのは嫌だったからじゃない。そして、それが拒《こば》んでいる声じゃないと篤広にもわかったんだろう。望の体をぎゅっと抱き締めると、やっと聞き取れるくらいの声で言った。

「ベッドへ行こう」

頷いていいのかどうかわからない。でも、なんだか考えるのが面倒。篤広の腕は暖かくて気持ちがいいし、同じ男だからって嫌悪感なんて湧《わ》いてこない。

酔っぱらっているんだと言い訳してみても、そうじゃないとわかっている自分が頭の隅にいる。ただ、酔っていると思いこんで、流されてしまいたいだけだ。そして、それは多分自分も篤広が好きだから。

二人してベッドに倒れ込むと、すぐに篤広の唇が自分の唇に重なってくる。ちょっと酒臭いけれど、それはお互い様だった。それから前髪をかき上げるようにして、額にも何度もキスされる。

自分の体の上にいるのは柔らかくて白い肌の女じゃない。自分よりもたくましい篤広の胸。男の体を見てもドキドキできるなんて知らなかった。

「なんだか夢みたいだな」

篤広がうっとりと呟く。夢の中にいるような気分は望も同じ。ただし、篤広とはちょっと意味あいが違うかもしれないけれど。

男と恋愛できるなんて、自分の意外な一面を知ってしまった。これってのはすんなり現実として受け入れていいものかどうか…。

「初めて望に声をかけたときも、女だらけのエレベータに乗るよう誘ったときも、そして、手を握り締めたときだって、どんなに勇気を振り絞ったかわからないよ。望の前で自分がゲイだって認めたときは、まさしく清水《きよみず》の舞台からって気分だったんだ」

そんな篤広の言葉を聞かされて、望は少し頬を弛《ゆる》めると言った。

「お前も意外と繊細じゃん」

「意外とと言われるのは心外だな」

「いや、意外とだよ。だって、何があっても動じなさそうなツラ構えしてるぜ」

そうかなと、篤広がちょっと自分の顎の辺りを撫でさすりながら首を傾げている。でも、篤広のそんな一生懸命な気持ちには、自分もきちんと応えなければいけないと思った。

「俺も篤広のこと好きかもしれない。男にでもドキドキして、妙な気持ちになるってのはこれが初めてだ」

そう言って、近づいてきた篤広の唇を自分から迎える。舌が絡んできて、吐息が漏れ、いつの間にかめくり上げられたTシャツに大きな手が潜り込んでくる。

胸の辺りを撫でられると、股間が疼《うず》いた。なんだかふわふわとした奇妙な感覚。ベッドの上に横たわっているのに、腰だけがストンと落ちていきそうで、思わず篤広の首に手を回してしがみつく。

好きだという気持ちがあれば、男同士だってこんな風に自然に抱き合える。こうして、このまま今夜、篤広と一線を越えてしまうんだなと思った。

(でも、いい。篤広となら構わない…)

きっとこの気持ちは酔いが覚めてからも変わりはしない。こんな風に関係を持ったからって後悔はしないはず。そう思って、望は自分の疼く腰を篤広の下腹へと押しつけた。

と、そのとき――――。

「こらぁ～、お前ら、何やってるっ！」

バタンと勢いよく扉が開く音がして、篤広と二人で入り口を見た。

「うわーっ！　こ、こ、古賀っ」

望は自分の上に乗っかっている篤広を突き飛ばして、悲鳴を上げる。心臓が凍りつくってのはまさしくこういう感覚なんだなと思い知った。

それにしても、古賀が隣の部屋で眠っているのを忘れていたなんて、すっかりのぼせ上がっていた自分が猛烈《もうれつ》に恥ずかしくなった。

せっかく甘いムードだったのに、いきなり現実にもどった望に突き飛ばされた篤広は「チッ」と舌打ちをしている。その篤広に向かって、完全に目の据《す》わった古賀がビシリと指を差すと言った。

「そんな真似させてたまるか～っ！　望は、望は俺が、俺が…」

言葉がなぜかそこで途切れた。見れば、その首がガクリとうなだれている。

「お、おい、古賀…？　大丈夫か？」

望が恐る恐るたずねたら、古賀の体がグラリと揺れて、そのままバッタリと床へと倒れ込んでしまった。

「うわーっ、こ、古賀っ、し、し、死んだのかっ？　怖いから死ぬなよーっ！」

誰の心配をしているんだかわからないようなことを言いながら、ベッドから飛び下りた望は倒れた古賀の側へと駆け寄る。そして、その顔をのぞき込むと、聞こえてきたのは微《かす》かないびき。

（こ、この野郎…っ。眠ってやがる…）

「やれやれ、たいした根性だなぁ。酔い潰れてまでも邪魔しにくるなんて」

望のあとを追って、のんびりとベッドを下りてきた篤広が言う。

なんだかさっきまで怪しいほどに盛り上がっていた気持ちは、今の古賀の出現で一気に冷めてしまった。萎《な》えてしまった股間を見て、悲しめばいいのか、ホッとすればいいのかわからない。

「しょうがないね。今夜は彼の根性に敬意を払って、お互いおとなしく眠るとするか」

確かにその方がいいと思う。だって、いいところでまたゾンビのように起き上がり、乱入されたら本当に怖いから。

床に倒れた古賀の体を篤広と二人でリビングのソファに運んだ。それから、翌朝またもめると面倒だろうと、身の潔白を証明するために篤広と望もリビングで雑魚寝《ざこね》する。

男三人集まって何をやっているんだかってな夜はとっくに更《ふ》けていて、もうすぐ朝日が昇る時間だった。

□■□

人生って本当に何があるかわからない。国内営業から、いきなり海外営業のインド担当を申し渡されたときにもそう思った。が、ある日突然、男の自分が二人の男から「好きだ」と告白されるなんて、これぞまさしく「何があるかわからない」の典型じゃないのか。

週が明けて、朝一に来年度予算を課長に提出した。とにかく、ここまでが平社員の仕事。

ここからその予算表をじっくり検討するのは課長、部長の仕事だ。

古賀の助けを借りて、綿密《めんみつ》に作り上げた予算だから結構自信があった。どこを突っ込まれようと答えはバッチリ準備してある。

そして、もう一人、予算を作るのに誰よりも望の手助けをしてくれたのは恵美だ。

望は仕事の合間にオフィスを出て一階のカフェに行った。そこでアイスカフェラテとチョコレートクッキーを一袋テイクアウトで買うと、恵美のデスクへ持って行く。

「恵美ちゃん。予算表だけど、本当に助かったよ。これはとりあえずのお礼。今度食事奢るからさ」

カフェラテとクッキーの入った袋を差し出すと、恵美が嬉しそうに受け取り言った。

「ありがとう、若林さん。役に立ってよかったわ。でも、本当に気を遣わないでね。空いている時間でちょっとシートを触っただけなんだから」

気を遣わないでと言われても、予算のことだけじゃなくて、他にも恵美には顔向けできない理由がある。食事を奢ったくらいでいいのかなってのは、もちろん古賀のことだった。

恵美の好きな古賀が好きなのは自分。望の責任じゃないが、やっぱりなんとなく申し訳ない気がする。

「でも、嬉しいな。若林さんに食事に誘われるなんて。本当は若林さんと一緒にお昼に行きたいってずっと思ってたんです。でも、いつも古賀さんがいるから、なんとなく誘えなくて…。だって、私なんか邪魔って言いたそうな顔してるんだもん、古賀さん」

と、冗談っぽく笑って言っているが、恵美の言葉の意味を考えてちょっと頭を捻ってしまう。そして、もう一度恵美の表情を見れば、袋を手に頬なんか染めていた。

（もしかして、恵美ちゃんの本命は古賀じゃなくて…俺？）

「なんだ、気づいてなかったのか？　呑気《のんき》な奴だなぁ。恵美ちゃんの本命は間違いなくお前だよ」

と、古賀に心底呆れたような顔で言われたのはその日の昼食後、いつものようにコーヒーを飲んでいるときだった。篤広は得意先とのランチミーティングに出かけているので、今日は一緒じゃない。

「ウソッ！　マジで俺なのか？」

「決まってんだろ。見てればわかるよ。じゃ、俺がどんなに苦労して、彼女を牽制《けんせい》してたかも気づいてなかったんだろう。これだから鈍い奴は嫌だね」

そんな言いぐさはないだろうと言い返したいが、実際そのとおりだから言葉もない。

恵美は気もきくし、性格もいいし、顔だってほどほどに可愛い。女の子のぽっちゃりタイプも嫌いじゃないし、もし数週間前に告白されていれば、あっさりとオーケーしていただろう。でも、今はもう彼女の気持ちには応えられない。

古賀と篤広の気持ちを知っているから。そして、自分も二人のことを真剣に考えようと思っているから。

「まったく、二十三階のお邪魔野郎の出現だけでもうんざりなのに、いまさら恵美ちゃんの気持ちに気づくなよな、お前も。いいか、お前を一番愛してるのはこの俺だから。そこんとこ、よぉーく理解しておくように」

と古賀に言われて、しみじみとその顔を見つめる。数日前までの友人がいきなり自分を好きだと言って、今ではまったくはばかることもなく口説《くど》いてくる。随分と男らしいその言葉にちょっと感動してしまった。が、すぐに篤広の顔が頭に過《よ》ぎってしまい、複雑な心境になる。

そんな望の様子を見て古賀が何かを察したように、少し拗ねた口調で言う。

「望が武内の奴にひかれてるのはなんとなくわかるよ。でも、俺だって何年もお前のことだけを見てきたんだからな。そうそう簡単に引き下がる気はないから」

ちょっと照れたような顔が、高校生のように初々《ういうい》しく見えた。

土曜の夜に一線を越えかけた篤広の見せた甘い表情。差し入れを渡したときの恵美のはにかんだ様子。そして、今、目の前にいる古賀の、らしくないほどに初々しい照れた顔。

(ああ、俺って、今、人生で一番モテてんのかもしんない…)

と、一瞬感激したが、考えてみたら、男二人と、すでに恋愛の対象から外してしまった女の子一人。あんまり手放しで喜べる状況とは思えなかった。


「若林、ちょっときてくれないか」

と、課長に呼ばれたのはその日の午後。予算の数字に問題でもあったのかなと望が席を立つ。課長のとこへ行くと予算の話ではなく、そのまま部長の席まで連れて行かれた。

部長に直々《じきじき》何か言われるような失敗をした覚えもないし、こんな風に呼ばれる理由は思いつかない。そんな望に向かって、部長がデスクの前の椅子を指し示し座るように促す。

課長と並んで望がそこに腰かけるなり部長が言った。

「若林君、今度のインドの国営通信社の入札の件だが、君にまかせようと思う。ついては時間が切迫《せっぱく》しているんで早速準備に取りかかってもらいたいんだが、どうだろう」

「はぁ？　インドの入札ですか…？」

どうだろうって言われても、どうなんだ？

海外営業に移ってきてから半年。入札なんてまだ一度も自分の手では経験していない。もちろん、今まで課長の補佐的には関わってきているけれど、それを自分が中心となって取り仕切るなんてできるんだろうか。望が半ば呆然としていると、部長がさらに聞いた。

「さしあたって抱えている大きな仕事はあるかな？」

「あっ、いえ。予算も今朝出しましたし、今のところ特に大きなものはありませんが…」

「ああ、予算ね。午前中にざっと目を通したが、よくできてたんじゃないか。この間のRBBP社との交渉でもうまくサポートしてくれたし、君は英語の方もかなりできるみたいだからその点では心配していないよ」

と、部長の誉め言葉を聞いても、ちょっと複雑な心境だった。予算は古賀の知恵をかなり拝借している。RBBP社のアテンドではただ振り回されていただけって気がしないでもない。そして、英語に関しては、この間のカタログの英訳が評価されているんだろうが、あれは篤広のおかげだった。だから、この誉め言葉を真に受けちゃダメだとはわかっている。と、いきなり課長が真剣な顔で言う。

「正直なところ若林が思ったよりできるんで、我々も期待するところが大きいんだ。今回の入札で君自身がそのノウハウを学んで欲しいというのもあるし、もちろん、結果を出すためにはきちんとサポートはしていく。ただ、部長も私も予算編成会議を控《ひか》えていて、身動きが取れない時期でもあるんでね。キツイのはわかっているが、ここは一つ頑張ってくれないか？」

くれないかと言ったって、「嫌です」という選択は最初からないんだからしょうがない。

「で、入札の期日は？」

おまかせくださいとは言い切れないながらも、一応了解しましたの意でたずねた。

ただ一つ。

「ぴったり三週間後だ」

「えっ、さ、三週間ですかっ？」

「向こうへ飛ぶのは二、三日前でいいから。いや、キツイのはわかっているが…」

と、あれこれ事情を説明する課長の言葉はもう耳に入らない。望の頭に浮かんだ言葉は
（冗談じゃねぇーっ！）

通常の入札なら三ヵ月以上かけて準備をする。まして、今回はインドの国営通信社向けの案件だ。インドは官僚機構が複雑で、ありとあらゆるものに対する許認可の手続きがものすごく面倒なうえ、それにかかる時間は膨大なのだ。というのも、こっちは日本のペースで仕事を進めても、向こうはあくまでもインドのペースでしか物事が運ばないからだ。

欧米諸国よりもはるかに準備に時間がかかるのがインドだというのに、三週間というのはどういうことなんだと聞きたい。

「…というわけで、この案件に関しては東亜は参入しない方針を固めていたんだ。が、米国の大手の薬品メーカーが研究所をインドのこの地域に移すという計画が伝わってきてね。そうなると、ここはどうしても東亜で押さえておきたい。ゆくゆくは通信関連のキーステーションとなるかもしれない地域なんでね。それで急遽《きゅうきょ》参入が決定したわけだ」

話の途中はショックのあまり聞いていなかったが、急遽の理由はそういうことか。

とにかく、参入が決定したからには三週間後のプレゼンテーションに備えなければならない。考えただけでも気が遠くなる。おまけにこんな大きなプレゼンテーションを英語でやるのも初めて。すでにプレッシャーで胃に穴があきそうな気がする。これはどう考えても無理だ。望が本気でバイク屋に転職しようと思った瞬間だった。

「若林、しっかり頼んだぞ。期待しているからな」

課長の力強くも、有り難迷惑な言葉がかかる。

「インドの杉原君にも事情は説明してあるから、彼とは密に連絡を取ってくれ」

準備のよすぎる部長は、すでにインド支社にもこの仕事に関する指示を出してくれていた。二人に左右の肩を叩かれて、消え入りそうな声で「はい」と返事をした望はトボトボと自分の席に戻る。

パソコンの前でしばし呆然としていると、同じ部署の社員達がやってきて、慰めと励ましの言葉を一言二言かけていってくれる。そして、望のあとに課長に呼ばれていた恵美がやってきた。

「若林さん、課長から話は聞きました」

どうやら、望の資料作りの手伝いをするようにと言われて戻ってきたらしい。

「大変なことになっちゃいましたね。でも、こうなったらもうやるしかないですよ。二人で頑張りましょう」

どんなときも前向きの恵美の笑顔が眩《まぶ》しい。こうなったらもう逃げるしかないんじゃないかと思っていた望は、力無く笑みを浮かべるばかりだった。

□■□

用意するものは山のようにある。まさしく山のようにだ。

日々集められた資料が望の机の上にどんどん積まれていく。そして、それらの書類は足元さえも占拠《せんきょ》してゆき、だんだん自分でもどこに何があるのかわからなくなってきた。

必要な英語版のカタログや、今回の案件に関わるエリアマップ、それについてインド支社の駐在員である杉原とやりとりしたメールやファックスの束。それらを恵美が手際よくファイルしていってくれる。そんな中でも一番厄介なのは見積りだった。こればっかりは望が自力で数字をひねり出すしかない。

それだけでも充分に気が遠くなる作業なのに、それ以外にもさまざまな許認可を求めて何度インド大使館へ足を運んだかわからない。もう、目を閉じていても、会社から電車に乗ってインド大使館へ行けそうなくらいだ。

競合会社は全部で四社。そのうちの一社はまったく相手にもならない小さな企業だから、どうでもいい。問題は残りの三社。

東亜としても、できるだけ勝負をかけられる価格を提示しなければならない。削れるところはとことん削り、それでも利益はしっかり出るように、いかに見積り配分するかがポイント。こんなさじ加減なんて、自分がやってていいのかと首を傾げてしまいたくなるくらいに、数字そのものがでかい。数字がでかければ、それだけリスクも高い。

「望、昼メシは？」

その日も昼食に誘いにきた古賀が望のデスクの上を見るなり、とっても哀れんだ様子で呟いた。

「行けそうにねぇな…」

「弁当でも食うよ。それよりさ、ちょっとここ見てくれよ。メンテナンスの人数をまともにカウントしたらとんでもない数字になんだけど、こんなんでも大丈夫かな？」

聞かれて、望のパソコンをのぞき込んだ古賀が顔をしかめる。

「いや、これはマズイな。人件費はドル計算だろ。結構かさむぞ」

「やっぱり？　でもなぁ、あんまり極端に削ったら、あとあと突っ込まれるしな」

「部品は削れないか？」

「ダメ。工場からこれだけは絶対に下げるなって言われてる」

「じゃ、あとは商社の方で叩くしかないか」

「これでもかなり無理言って、ゴリ押ししてんだぜ」

ああでもない、こうでもないと話し合っているうちに昼休みも半分が過ぎてしまう。

「あっ、すまん。古賀、お前メシ行ってきてよ」

「じゃ、俺、何か簡単に食えるモノ買ってくるから、とにかくここの試算を出しておけよ。それからこっちのメンテの調整をしてみよう」

そう言って古賀がオフィスを出て行く。

今回の案件をまかされてから一週間。その間、一度も外に昼を食べに出ていない。それどころか、土曜日も日曜日も出勤してきている。

それでもまったくといっていいほど、資料と見積りができあがる目処はたたない。

古賀はこのクラスの案件なら何度か入札の経験があるから、毎日のようにのぞきにきては、いろいろとアドバイスをしてくれる。まったく初めての経験で、何から手をつけて、どうやって資料を作っていけばいいのか、さっぱりわからなかった望にしてみれば本当に有り難い。

古賀にアドバイスを受けた数字を打ち込んで、一度保存をかけてからコーヒーを買うために席を立った。廊下の自動販売機の前で携帯電話を取り出した望は、篤広に連絡を入れる。時間は十二時半を回っているから、ちょうどフレックスタイムで昼食に出た頃だろう。

『望か？　どうだい、仕事は。少しは目処がつきそうか？』

篤広は電話に出るなりそう聞いた。今回の急な入札の仕事についてはすでに話してある。

この一週間はほとんど毎晩電話で話していたが、短い会話ばかり。ゆっくり会って昼食を食べることもできなければ、一緒に帰ることもない。

「正直、全然ダメ」

『そっか…。本当にキツそうだな。声が少し変だぞ。ちゃんと食べて、辛いときは少しの時間でもいいから横になれよ。体調には気をつけないと、今倒れたら大変だから』

「うん、わかってる。そっちはどう？」

『一応企画がまとまったってところかな』

篤広の方も、この間からかかりきりになっている企画書の提出期日が迫《せま》っているらしい。望と違って、篤広は大変でも大変そうな顔をしない。でも、毎晩夜十時過ぎに電話がかかってくるときには望もオフィスだが、篤広もまた自分のデスクからということが多い。きっと本当はものすごく忙しいんだと思う。

『お互い早く仕事にケリをつけて、一緒に飲みに行きたいな。それにずっとおあずけになっているツーリングにも行きたいし』

「そうだよな。じゃ、俺、そろそろデスクに戻るから。またな」

そう言って携帯電話を切ると、古賀が戻ってくる前にコーヒーを買ってデスクに戻った。

恋愛についてはとりあえず保留の状態。篤広の気持ちも、古賀の気持ちも、今はじっくりと考える余裕がない。とにかく仕事で手一杯なのだ。

でも、挫《くじ》けそうなとき、篤広の声を聞くとホッとする。もうダメだと思っても、あの低く優しい声を聞くと、もう少し頑張れるって思う。

今までは与えられた仕事だけをこなしていればそれでいいと思っていた。が、今回の案件でしみじみと己《おのれ》の力不足を思い知らされた。

古賀のアドバイスがなくちゃ身動きの取れない自分が情けないと思う。そして、心のどこかで篤広の優しい声に縋《すが》っている自分をみっともないとも思う。

でも、どんなに情けなかろうが、みっともなかろうが、仕事はやらなくちゃならない。おまけに期日はすぐそこまで迫っている。望にはゆっくりと悩んでいる時間もないのだ。

「若林さん。飛行機のチケット、木曜出発の直行便が取れましたから」

恵美の言葉に、それでなくてもせっぱ詰まっている気持ちがさらに煽《あお》られる。残りの日数は十日余り。先週も土日に出勤して資料はかなり形を成してきた。

そんな中、相変わらず頭を痛めているのが見積り。何度入力し直しても課長からオーケーが出ない。削れるところは徹底的に削っているつもりだが、金額が大きいから少々のことでは最終的な数字に反映してこないのだ。

その日の昼休み、今日は望の方から古賀に会いに行った。といっても、昼食のお誘いじやない。どうしても聞きたいことがあったのだ。

これ以上値段を下げられないという部品だが、なんとか工場と交渉する方法はないものか聞こうと思っていた。うるさい相手と交渉させたら右に出る者はいない古賀だから、きっと工場のかたくなな態度を切り崩すコツも知っているはず。

望が中近東のデスクに行ってみれば、すでに昼食に出払った無人の島で、古賀だけが何やら忙しそうに書類をまとめていた。

「あれ、どうしたんだ？」

「おっ、望。ヤバイよ。俺、午後からヨルダンに飛ぶことになっちまった」

午後からヨルダンって、何それって聞きたい。

「なんで、いきなりそういうことになるわけ？」

「ユーザーからのクレームだ。それもこの間、メンテがらみでこっちの提示額を飲ませたやつだからな、直接行って説明しないと収まりがつかないんだよ」

「チケットは取れてんのか？　どのくらいの予定だ？」

「とりあえず今夜の便でバンコクまで飛んで、あとはトランジット、トランジットで、着くのは早くて日本時間で明日の夜だろうな。予定はまったく未定。とりあえずは一週間から十日かな。というわけで、俺、今から一度家に帰って、空港に直行するから」

なんか聞いただけで疲れる。

「そっちはどうだ？　どうにかなりそうか？」

と言いながらも、忙しく手元の書類をまとめている古賀を見ていると、とてもじゃないがインドの入札のことで質問なんて言えやしない。

「こっちはなんとかなりそうだ。それより気をつけて行ってこいよ。帰ってきて、俺の方も一段落してたら一緒に飲みに行こうぜ」

「いいな。約束だぞ。あっと、それからそのときは武内は抜きで行くからな」

嬉しそうな顔をした古賀が、すぐにそんな言葉をつけ足した。

「また、そういう大人げないことを言うし――」

望が少しばかり呆れて言うと、古賀はいたって真剣な表情で言い返す。

「ダメだ。あいつはこの間も抜け駆けしようとしやがったし、どうも信用ならないからな。いいか、俺がいない間にあいつと飲みに行くなよ。それも約束しろよな」

どこまで本気で言ってるんだかわからないが、多分メチャクチャ本気なんだろう。そう思った瞬間、古賀が手にしていた書類を机に置いて、望の側に立った。

「ごめんな。望が大変なときに助けてやれなくてさ」

いきなり真面目《まじめ》な顔でそう言ったかと思うと、古賀は望の体をその両腕に抱き締めた。

幸い中近東のデスクはフロアの端だし、今は昼休みでほとんどの社員は出払っている。

それに古賀と望が抱き合っていても、いつもどおりふざけていると思われるだけだ。

でも、望だけは知っている。古賀の本当の気持ちを。だから、その体を突き放すなんてできなくて、しばらくの間じっとしていた。

「俺よりお前の方が大変じゃん。大丈夫、俺だってちゃんとやれるからさ。今までだって充分助けてもらったし」

そう言ってゆっくり体を離すと、古賀に向かって笑ってみせる。そして、慌ただしくオフィスを出ていく古賀を見送るなり、望はその場で頭を抱えてしまう。

（さて、どーするよ…）

結局工場との交渉の方法は聞けなかった。でも、こうなったら一人でどうにかするしかない。古賀だって頑張ってるし、篤広だって頑張っている。自分だってやってやれないことはない。そう自分自身にハッパをかけて、望は席に戻るのだった。


昼抜きでパソコンに向かい出した数字だが、自分でも到底納得のいくものじゃなかった。でも、もう完全に行き詰まっている。どこをどう削って、どういじれば競合する三社に勝って、自社の利益を目標額まで引き上げることができるんだろう。

予算編成会議の準備に忙殺されている課長に、こんな中途半端な段階でうかがいをたてにいくのは嫌だった。でも、わからないときは聞くしかないのだ。

打ち出した数字を持って課長のところへ相談に行くと、それを見るなり机の上に書類を投げ出されてしまった。

「オリンピックじゃないんだから、参加したらいいってもんじゃないんだぞっ。落札しなけりゃ一銭にもならない上に、これに費やした金も時間もみんな無駄になってしまうんだ。もっと他の三社と戦えるだけの数字にしなけりゃ、これじゃ全然使えない。部長に持って行く前にここで却下だっ」

バンバンと机を叩いて言われて、恵美や側にいた他の社員もハッとしたようにこちらをうかがっている。

だったら俺にやらせるなよっと言いたいけれど、ガキじゃないんだから、そんな逃げが通用するわけもない。

「もう一度数字を徹底的に洗い直せ。商社との交渉の詰めが甘いし、工場ともっとかけ合え。工場の連中はプライドがあるから、一銭も削れないと言うんだ。そこをつついたり、くすぐったりして落とさなきゃどうにもならんだろう。どうしてもダメなときは土下座してでも落とす。それが営業ってもんだ」

だったら、課長は工場の連中に土下座したことがあるのかよっと、その襟首《えりくび》をつかんで問いただしたいのをグッとこらえる。そして、投げ出された書類を手に自分の席に戻った。

営業が注文を取ってきてこそ仕事が回るっていうのに、実際大きな顔をしているのは工場の方だったりする。いくら注文をとってきても、モノを作って出さなけりゃ泣きをみるのは営業だろうという、本末転倒した傲慢《ごうまん》さがあるからだ。それと同時に、自分達の作ったものにプライドを持っているから、値下げなどしないで定価で売りさばいてこいと言う。昔気質《かたぎ》の工場の人間は、岩で頭を叩いたら岩の方が割れるんじゃないかっていうような頑固《がんこ》オヤジばかりなのだ。そんな連中と交渉する術《すべ》など思いつきもしない。

唯一の頼みの綱《つな》の古賀はすでにいないし、もう本気で逃げ出せるものなら逃げ出したい気分。

終業時間もとっくに過ぎて、人もまばらになったオフィスで、課長に叩きつけられた書類を見ながらまた数字の訂正をする。やっても、やっても、どうにもならないような気がして、なんだか頭が朦朧《もうろう》としてきた。

そういえば昼を食べ損ねたなとか、昨日も三時間しか眠っていないとか、あと十日しか日数がないとか、そんなマイナスのイメージばかりが望の脳裏に浮かび上がってくる。

そして、一度「物理的に無理」と思ったら、本当に気力が萎えてしまいそうになる。

でも、それじゃいけない。気持ちを立て直そうとして、パソコンの前で疲れ切った目を押さえ、天井を向いた。その途端、なんだか急に体が軽くなったような気がした。

(あれ～?)

変だな…?　と思った次の瞬間、望の目の前は真っ暗になっていた。

「…林さん、若林さんっ。大丈夫ですかっ。しっかりして下さいっ！」

遠くの方から叫んでいるのは恵美の声。

「えっ…？」

目を開けたら、そこには心配そうに自分をのぞき込んでいる恵美の顔と、課長の顔があった。

「あれ？　なんで…？」

と首を傾げたとき、目に入ったのは床に積んである入札用資料のファイル。いつの間に机の上にと思ったら、そうじゃない。自分が椅子もろとも床に倒れていたのだ。

疲れた目頭を押さえて椅子の背もたれにもたれ込んだまま、一気に床へと倒れ込んだらしい。疲れと、脳天を打ったのとでそのまま失神。どのくらい意識がなかったのか、自分でもよくわからない。

「よ、よかったぁ。気がついた。大丈夫ですか？　ここがどこかわかってます？」

恵美の言葉に、自分で自分の頬を軽く叩くようにして答える。

「大丈夫、大丈夫。会社に行けばちゃんとするからさー」

って、自分がデスクの前でひっくり返っているとわかっちゃいるのに、言った言葉がそれだった。もう、脳味噌と体が完全にちぐはぐになってしまっている。

課長と恵美の手を借りてようやく起き上がると、しばし呆然とした頭でパソコンのモニターをながめていた。今自分が何をしていて、これから何をしなきゃいけないのかわからなくなっている。すると、課長が望の肩を叩いたかと思うと言った。

「若林、今日はもう帰れ。帰ってとにかく寝ろ。お前、ここのところろくに寝てないんだろう。明日の朝は起きた時間でいいから、出勤してこい。部長にはわたしから言っておくから」

「いや、でも、まだ見積りが…」

と言ったら、恵美が泣きそうな顔で望を見て叫んだ。

「何言ってるんですかっ！　そんなんじゃ死んじゃいますよっ。とにかく、帰って寝て下さいっ」

課長と恵美に追い立てられるように、鞄《かばん》を持たされ、オフィスから送り出された。

それでも、まだ、見積りのことが気になってどうしようもない。エレベータがきて乗り込んでも、なんで自分がこんな時間に帰ってるんだろうと思っていた。そして、きちんと仕事をこなせない自分に猛烈に腹が立って、思わず心の中で唸る。

（チクショーッ。絶対、今夜中に出したかったのにっ！）

それこそ物理的に無理とわかっていても、疲れすぎて脳のどこかのネジが完全に飛んでいた。冷静さに欠けて、感情ばかりが先走っていくのを止められない。そして、恵美ばかりか、課長にまで帰れと言われて、本当に役立たずだと言われたような気がして悔《くや》しかっ

た。

「ふざけんなよっ！」

怒りのあまり、下りていくエレベータの壁を殴る。ゴーンという音とともに、箱そのものが微《かす》かに揺れた。

一階に着いてエレベータを出ると、ビルのロビーで携帯電話を片手に立っている篤広がいた。

「ああ、わかりました。ええ。今、会いましたから。それじゃ、失礼します」

誰と話していたんだろう。今、会ったってのは自分のことなんだろうか。

「望、大丈夫か？　今、ちょうど会社に電話してたところだ」

なんで会社にと思ったが、考えたら仕事に集中できないから、望の携帯電話の電源は切ったままだった。

「なんでここにいるの？」

まだ頭が朦朧としているので、そんなどうでもいいことを、真面目な顔をして聞いてしまう。

「アシスタントの女性だと思うけど、望が倒れたって言ってた。大丈夫なのか？」

「全然、大丈夫だよ。なのに課長が帰れってうるさいから、帰ることにした」

素っ気ない口調は八つ当たりだ。わかっていても、止められない。

「とにかく、送って行こう」

そう言って、望と一緒に歩き出す篤広に声さえもかけなかった。

今は篤広と顔を合わせたくない。古賀には見せられる弱味も、なぜか篤広に見られるのは辛い。自分でもよくわからないが、古賀には甘えられても、篤広に対してはそうすることに抵抗がある。

男同士の恋愛なんて、どういうスタンスでつき合えばいいのかよくわからない。でも、篤広も男なら、自分だって男だ。少なくとも仕事に関しては本気で弱音を吐いたり、今夜みたいに弱りきってどうしようもない自分を見せたくはない。

まかされた仕事を満足にこなすこともできず、そんな自分に苛立って、心配してロビーで待っていてくれた篤広に礼の一つも言えない。

(俺って、本当にどうしようもない……)

課長にボロクソに怒鳴《どな》られても出なかった涙が、今はこぼれてしまいそうだった。

篤広は一緒に電車に乗っても、つかず離れず望の見える場所に立っている。その距離の取り方がまた優しく感じられて悔しかったり、辛かったりする。

やがて電車の座席が空いて、篤広が望を座らせてくれる。自分のマンションのある駅まではあと十五分ほどだった。

「着いたら起こしてあげるから、眠るといい。ほんの少しでも体が楽になるから」

そんな篤広の言葉に促《うなが》されて、目を閉じた途端、意識が途切れてしまった。

自分のマンションの部屋の前に着いた望は、チラリと篤広の表情をうかがった。

「あの、寄っていく？」

そう聞いたのは社交辞令じゃない。望の気持ちがすっかり弱っていたからだ。誰でもいい。一緒にいて、ものすごく疲れているくせに、頭ばかり冴えている自分をどうにかしてほしいと思った。

男ってのは悲しい生き物で、疲れていればいるほど人恋しくなる。そして、それが極限状態であればあるほど相手さえ選ばない。そんな状況で篤広を誘う自分は最低だってわかっている。でも、体と心がバラバラの今夜は自分の口を止められなかった。

「俺のこと抱きたいんだろ？　いいよ。この間はちゃんとできなかったし…」

男と抱き合うなんて、あんまり具体的なイメージは湧《わ》かないが、それでもこんなにも空っぽで、疲れ切った体をどうにかしてほしいという気持だけでそう言った。

すると、篤広が静かに首を横に振る。そんな彼を見て、自嘲《じちょう》の笑みが漏れた。

(そりゃそうか…。俺なんてうざったいって思うよな、誰だって)

投げ遣りにそんな風に考えたら、色気を出して篤広を誘っている自分が惨《みじ》めになった。

「あっ、そう。じゃ、送ってくれてサンキューな」

あえてあっさりそう言うと、自分の部屋の鍵を開ける。そのときだった。

「望…」

突然、囁くような声で名前を呼ばれ、篤広の腕が望の体を抱き寄せた。

「こんなに瘦《や》せてる…」

せつなそうに言われて、そんなに痩せたかなと思った。が、確かに最近スーツのウエストが緩《ゆる》いような気がする。

「こんなに疲れ切って、弱っている望を抱けない。ヤケになって、俺を受け入れてもらっても嬉しくないよ」

そう言ったかと思うと、篤広は抱き締めた望の頰をそっと撫でてから唇を寄せた。

「こんなにも望が苦しんでいるのに、俺は何もしてやれない。古賀君みたいに同じ会社にいるわけじゃないから、なんの手助けもできない自分が歯がゆくなるよ。でも、どんなときでも、望が頑張っている限り側にいるから。辛いときは愚痴《ぐち》だってなんだって聞いてあげるし、俺にだけは甘えていいから」

そう言われて、ハッと顔を上げる。

篤広にも甘えていいんだろうか？　本当に？　古賀に甘えるように？

（ダメだっ！）

電話して、その声を聞いて満足していた頃にはまだ自分にも余裕があった。キツイとは言いながらも、篤広の声を聞いてホッとしている程度だった。でも、今はダメだ。このまま甘えたら自分は本当にダメになる。そう自分の心が警告を出していた。

「俺は、俺は…大丈夫だから」

心地いい篤広の腕から自分の体をそっと離すと、少し震える声でそう言った。

「今はこんなでも、今度の仕事は絶対にちゃんとやってみせる」

そう言ってから、篤広の厚い胸板を拳《こぶし》で軽く小突《こづ》いた。すると篤広が微かに笑って、その拳をしっかりと握り締める。そして、片えくぼのできる柔らかな笑みが、荒《すさ》んだ望の心にやすらぎを与えてくれる。

「ゆっくり眠るといい。きちんと眠ると、明日にはきっと今まで見えなかったものが見えてくるよ。大丈夫だ。望はちゃんとやれるってわかってる」

そう言うと、篤広は軽く手を上げて、そのまま駅への道を引き返して行った。

部屋に入らずに、送っただけで帰っていく篤広の優しさ。やっぱり篤広が好きだ。他の誰でもない、彼が好きだとわかった瞬間だった。

□■□

けたたましく鳴る目覚ましを、ベッドの中から手を伸ばして止めた。

「何時だぁ〜？」

と言っても、自分で朝の七時にセットしたんだから七時に決まってる。

昨夜は篤広に送ってもらってから、すぐにベッドに倒れ込んだ。数秒後には意識が途切れて、久々の爆睡。夜の九時から、朝の七時まで十時間も眠っていた。そして、目が覚めてみれば、驚くほどに世界が明るい。というのは、大げさでもなんでもない。

この二週間ばかり、ずっと三時間、四時間睡眠が続いていた。そのうちの数日は徹夜で会社に泊まり込んでいた。

太陽の色も空の色も極彩色になっていたんだから、まともな精神状態じゃなかったと思う。でも、それだってこうして久しぶりにたっぷり眠ったからわかること。もし、あのまま突っ走っていたら、今頃は駅のホームから線路に倒れ込んでいても不思議じゃなかった。

「よっしゃーっ。イケるっ！」

そう叫んでベッドから飛び下りると、まずはシャワーを浴びた。そして、コーヒーとトーストの朝食を取ったあと、出社の準備をする。

髭を剃《そ》ろうとのぞき込んだ鏡に映った顔は確かに痩せていた。自分でも気づかないうちに頬の肉がすっかりそげ落ちている。

そんな自分の顔を見ながら、昨夜の篤広の言葉を思い出す。

『どんなときでも、望が頑張っている限り側にいるから。俺にだけは甘えていいから』

篤広が好きだからこそ甘えたくない。同じ男として対等に見てもらいたい。まだ体を繋《つな》いだわけじゃないけれど、でもいつかそんな日がきたときのために、自分だってりっぱな男でありたいと思う。

人にはそれぞれ乗り越えていかなければならない問題がある。篤広だって、きっと自分の企画の仕事が大変なはず。古賀だって、ヨルダンで頑張っている。だから、彼らの友人として、そして恋愛の対象として、みてもらえるだけの価値のある男にならなくちゃいけない。

自分の力はこんなもんじゃない。自分はまだまだやれるはず。誰にも頼らず、自分の力で今の仕事を成し遂げてやる。そして、絶対にあの二人と一緒にうまい酒を飲んでやる。

そう決心して、髭を剃ったあと、気合いを入れるために自分の頬をパシパシと叩いた。

その日はいつもより三十分遅れで出勤したが、部長は何も言わなかった。どうやら本当に心配して、課長が話を通しておいてくれたらしい。

その課長が望の顔を見るなりやってきて、昨日叩き返した書類を出すと言った。

「考えたんだが、輸送費と中間マージンで削ろう。若林、商社と交渉してこい。部品の方はわたしが昨日の夜に交渉済みだ。といっても、一割までだがな。工場長に確約を取っておいた」

いきなりそう言われて、望は驚いて課長の顔を見上げる。

「ほ、本当ですかっ？」

「あの工場長を説得するのは骨が折れたぞ。でもな、前にお前がＲＢＢＰ社向けに古い機種を売りさばいただろう。あれで工場は結構助かったらしい。あのまま処分するか、あるいはタダでくれてやるしかないって思ってた機種を、部品もひっつけて、ほぼ定価で売っちまったんだからな。今回はあれに免《い》じての一割だ」

あのときの苦労がこんなところで活かされるとは思ってもいなかった。いずれにしても、部品の一割は大きい。

「若林さん、すべての書類は五部ずつコピーしてファイルしてありますから、今週中に見積りが仕上がれば間に合いますよ。インドまで書類を送るのに二日。プレゼンの日までには間に合います」

恵美が、昨日までにまとめたファイルの一冊を手にやってきて言った。

今日が水曜。出発は来週の木曜。書類を航空貨物《フェデックス》に乗せるリミットが来週の火曜。ギリギリだが恵美の言うとおり、今週中に商社との交渉を済ませて、見積りを出せば間に合う。望はすぐにデスクの上の電話に手を伸ばした。今回の案件で使う商社の担当者に連絡を取るためだ。

こうなったら、何がなんでも交渉を成立させてやる。それこそ、こっちが客だろうと、土下座してでもやり遂げるつもりだった。

そして、水、木、金と午前中は商社に通いつめた。国内の商売は国内営業で鍛《きた》えられた経験があるから、ある程度要領はわかっているつもり。アメと鞭《むち》でとにかくゴリ押し。そして、泣き落とし。最後には、今後の商売のこともちらつかせておいて、わがままは今回だけだからとねじ込んだりもした。まさしく、あの手この手で攻めて連絡を待つ。

そして、望が待ちかねた返事がやってきたのは金曜日の午後だった。

『若林さん、これっきりにしてくださいよ。うちも本当にキツイんですから』

という商社の言葉に、今回ばかりは心から感謝した。

輸送費と中間マージンの大幅削減に成功して、パソコンに新たな数字を入力する。課長が交渉してくれた部品の一割も引いて、なんだかいい感じの数字になってきた。

「もう一息ですよ、若林さん」

恵美の言葉に望は頷く。すると、やはり横で見ていた課長が言った。

「よし、数字はこれ以上いじらなくてもいい。これで集計していこう。だが、これだけじゃやっぱり負け戦になる可能性が高いからな。あとは東亜ならではの付加価値をどれだけ乗せていくかだ」

そのアドバイスを受けて、他社の機種との比較をもう一度綿密にやってみる。日程もギリギリだが、望自身の気持ちだってほとんど極限状態だった。

まとめた見積り書の備考欄が次々と埋まっていく。神経が張りつめていて、脳が目一杯働いている気がする。自分はこんなに英語ができたっけと驚くくらい、辞書なんかそっちのけで英文の注釈を打ち込んでいく。

英語はできないわけじゃないが、好きじゃない。正直言って、英語で仕事なんて面倒だと思っていた。でも、ようやくわかってきた。英語なんか商売のための手段だ。こちらの意向が伝わり、向こうの意見が理解できたらそれでいい。

篤広が英語とドイツ語、そしてもちろん日本語の三ヵ国語を使って仕事をしているのをすごいと思っていた。けれど、今は自分も少しだけそこへ近づけた気がする。

そして、今度の入札にかける機種のすべてについて入力とチェックを終え、書類が完成したのは休日出勤した日曜の夜、十時過ぎ。

恵美も休みを返上して、最後までつき合ってくれた。もう感謝、感謝で言葉もない。

「よし、明日の朝一に部長の了解をもらったら送れるぞ」

ようやく作り上げた書類の束をデスクに積み上げて、望は恵美と二人、缶ビールでささやかに乾杯をした。

その日の夜、恵美を彼女の家の最寄り駅まで送って行った。若い女の子をこんな時間まで、まして休日にこき使ってしまい、申し訳ないと思ったからだ。そして、その駅で彼女をタクシーに乗せて、改めてお礼を言った。

「恵美ちゃんには本当に感謝してるよ」

「仕事ですから、若林さんがそんなに恐縮しなくてもいいですよ。でも、送ってもらえて嬉しかったです」

タクシーに乗った恵美は、そう言ってからじっと望を見つめた。

「若林さん、私、本当は…」

彼女が一瞬思い詰めたようなせつない表情を浮かべ、何か言おうとした。でも、望は笑って、ちょっとだけ首を横に振った。

もちろん、彼女が何を言おうとしたのかはわからない。仕事のことかもしれないし、望に対する気持ちを言おうとしたのかもしれない。でも、どっちにしても、今夜は何も言わずに別れて、また明日いつもどおり会えればいいと思った。

仕事のことならそのときに聞く。そして、プライベートのことなら申し訳ないが、彼女には応えられない。だから、何も聞かない方がいい。このままずっといい同僚でいるためにも。

「気をつけて。明日はキツイと思うけど、もう少しだからさ。頼りにしてる」

そう言った望の言葉に、恵美は少し悲しそうな笑みを浮かべたかと思うと、ペコリと頭を下げた。恵美を乗せたタクシーが走り去っていくのを、望はしばらくの間そこに立って見送っていた。

月曜の朝一、会社に着くなり昨夜仕上げた見積り書を課長に提出した。それを見た課長が、今回の入札のために揃えた書類を全部持ってこいと言う。これで一度部長に目を通してもらおうと言うのだ。

「ほぉ～、本当にできたのか。たいしたもんだな、君」

ってのがファイルを見た部長の最初の言葉だった。それって、もしかして、できなくてもしょうがないって思っていたようにも聞こえる。

やれって言われたから、やったんだろーがっ！　と椅子を蹴って立ち上がり、怒鳴りたかったが、グッと我慢する。

「ファイルを現地へ送るリミットはいつだ？」

そのファイルに目を通していた部長が聞いた。

「明日の午後四時です」

望の答えに頷いた部長がファイルに次々と付箋《ふせん》を貼っていく。そして、時間の許す限りそこを全部見直せと言った。

ファイルを返されて、改めて付箋のついたところを見直した望は唸った。自分でもちょりっとツメが甘いとか、時間さえあればもう少し詳しくまとめられると思っていた部分ばかり。

「だてに部長じゃないんだよ」

と言った課長の言葉に、望も思わず納得してしまう。そして、明日の午後四時ギリギリまでもう一頑張りしなければならなくなった。書類に訂正を加えては付箋を外し、外しては次の付箋の部分を見直す。

その日ももちろん残業で、恵美を夜の十時に近くの駅まで送って行ったあと、望はそのまま徹夜で会社に泊まり込む。

昼間は社員でひしめき合っているオフィスも、真夜中になれば望一人。深夜のオフィスは、自分の部署の島以外は全部照明が落とされてしまっている。

普通なら不気味だし、とっとと帰宅したくなるだろう。でも、今は隣で浮遊霊が肩を叩こうが、ラップ音が鳴ろうが、知ったこっちゃない。それよりも、たとえ幽霊だって、そこにいるなら手伝えと怒鳴りたい気分だった。

翌朝、朝一に出勤してきたオセアニア営業の女の子に声をかけられて、望は慌てて体を起こした。どうやらデスクの上に突っ伏して、顔面でパソコンのキーボードを叩き続けていたらしい。目の前のモニターにはわけのわからない文字の羅列《られつ》ができあがっていた。

「しまったーっ！」

と叫んで、どのくらい眠っていたか時計を確認したら約三十分ほど。思わず胸を撫で下ろして、再び作業に戻る。

そして、その日も昼食を食べる間もなく、タイムリミットまで作業を続けた。が、結局どうしてもまとめきれないところが残ってしまった。自分でも悔しい思いを捨てきれず課長に相談すると、とにかくファイルは送ってしまえと言われた。

残っている部分は今日、明日で訂正を加えてハンド・キャリーで現地に持ち込むことになった。

「こんなことは通常のプロセスを踏んでおこなう入札でもよくあることだ。たった三週間でよくやったな。もう一頑張りだぞ、若林」

課長の言葉に望自身もやむを得ないと納得して、未完成なファイルを恵美と一緒に箱詰めする。それ以外にも、現地に送らなければならないものを片っ端から荷造りした。

日にちが変わって、翌日水曜日はいよいよ最終日。昨日不完全なファイルを送ったことに誰よりも不満を持っていたのは望自身だった。だから、あのあとさらに奮起《ふんき》して、ひたすら訂正に没頭した。

水曜日の午前十時。もうこれ以上どうにもなるもんかという見積りと、それに関連する書類ができ上がった。その資料を持って、課長を引っ張るようにして部長のところへ行く。

「どうですか?」

望がそう聞くと、部長はしばらくの間黙ってその書類を見ていたが、ファイルを閉じると言った。

「よし、これでいこう。書類は現地で差し替えてくれ。あとは君のプレゼン次第だ。これだけのものをたった三週間で作ったんだから、自分に自信をもっていいぞ。結果は気にするな。やれるだけやってきてくれ」

その言葉に課長が望に向かって手を差し出す。そして、しっかり握手をかわすと言った。

「若林、すぐに帰っていいぞ。支度もあるだろうし、とにかく少し休んで体調を整えてから行った方がいい。今のインドは体温より暑いからな」

五月、六月の雨期前のシーズン、インドはすでに日中の気温が四十五度以上になることも珍しくない。人と肌を合わせていた方がまだしも涼しいという過酷《かこく》な気候なのだ。今の望のようなヘロヘロの体調で行けば、確実にぶっ倒れる。

課長の言葉に甘えて、その日の昼前には必要な書類を全部まとめて、帰宅する準備を整えた。でも、その足でどうしても行っておかなければならないところがあった。

望はオフィスを出ると、エレベータで二十三階まで上がる。もちろん、篤広に会うためだ。

何も考えずエレベータに飛び乗ってから、携帯電話で連絡を入れればよかったかなと思った。でも、そんなことさえ忘れてしまうほど、今は篤広の顔が見たかった。そして、自分がついにここまでやってきたんだと言いたかった。

　エレベータが二十三階に着いた。篤広のオフィスには以前きたことがあるから、迷わず彼のいる部屋へと向かう。途中で出会った誰かに事情を話して、オフィスの中に入れてもらえばいいと思っていた。が、ちょうどそのとき、反対側の通路の会議室から人が出てくるのがわかった。

　その中に篤広の姿を見つけ、思わず望は廊下の隅のスペースに身を隠してしまう。べつに意味はなかった。篤広だけならもちろん駆け寄って、声をかけていたんだけれど、会議室から出てきたのは篤広の他にも十数名いる。そんな人達に見とがめられるのはちょっと面倒な気がしたので、そこで皆がいなくなるのを待っていたときだった。

　チラッと見た篤広の表情がいつもと違う。とても険しくて苛立った表情をしている。何か厳しい会議を終えてきたんだと望にもわかった。そんな篤広に向かって、年輩の男が声をかけているのが聞こえた。

「武内君、今回の企画で君がどれほど頑張ったかは皆が認めている。ただ、時期を選ぼうというだけのことだ。気を落とさないでくれよ。今後とも期待しているからな」

　望はそんな会話を廊下の隅で聞いていて、篤広もまた仕事で厳しい状況にいたんだと理解した。

誰だってみんなギリギリでやっている。それでも思い通りにならないことだってあるし、やった分だけ全部認められるわけでもない。でも、頑張るしかないのだ。誰のためでもないし、会社の歯車としてじゃない。結局、それは自分自身のために。

望はそっと唇を噛みしめて、通り過ぎていく人々を見送った。そして、重い溜息を一つ吐く。そのとき、篤広がそこにいた望に気がついた。

「望じゃないか。どうしたんだ？　仕事はどうなった？」

望を見つけた途端に篤広の表情が弛む。この数日間はお互いに忙しかったし、そんな状況をちゃんと理解していたから、あえてどちらからも連絡を取っていなかった。誰もいなくなった通路で、篤広は望の側に駆け寄り、いつもと変わらない笑顔を見せてくれる。さっきまでとはまるで違うその表情が少し嬉しくて、そして、せつない。

「体は大丈夫なのか？　あのあとどうしてたか心配だったんだ」

そんな篤広の言葉に、望は顔を上げて精一杯の笑みを浮かべた。

「なんとか書類は仕上げて現地へ送った。ハンド・キャリーで持ち込むものがまだ少し残っているけど、それは飛行機の中で見直す時間もあるし。今から帰って支度して、明日の飛行機で現地に飛ぶから」

望の言葉を聞いて篤広が大きく肩で息を吐《つ》き、心からホッとしたように笑う。

「そうか。よかったな…」

「うん。でも、これからが本当の勝負だから。プレゼンを成功させて、どうしても東亜で落としたい」

「ここまでやってきたんだからきっとやれるさ。自分を信じてやればいい。望は大丈夫だ」

篤広に肩をポンと叩かれた。そして、置かれた手の温もりを感じながら言う。

「戻ってきたらさ、二人でツーリングに行こう。ずっと約束したままになってるから。そのときには、俺…」

そのときにはきちんと自分の気持ちを伝え直そう。古賀じゃなくて、恵美じゃなくて、他の誰でもない、篤広が好きなんだと。今は言葉にならない思いを込めて、篤広をじっと見上げた。すると、望の気持ちはわかっているからというように篤広も頷く。

「楽しみに待ってる。だから、頑張ってこいよ」

そう言って微笑んだ篤広の片頬にえくぼが浮かぶ。甘く優しいその顔がやっぱり大好きだと思った。

□■□

カルカッタの方が賑《にぎ》わっているらしいが、それでもインドの首都はデリー。日本ではニューデリーということになっているが、実際はオールドデリーとニューデリーをひっくるめてデリーなのだ。

ムガール帝国時代の遺跡など、歴史的な建造物とともに、政府関連の建物も集中しているデリーには、多くの外国の企業が支社、支店を構えている。

東亜もデリーに現地支店を持っていて、日本人の駐在員一名が、現地で採用しているインド人の従業員とともに活動を行っている。

空港まで現地駐在員の杉原に迎えにきてもらい、とりあえずはオフィスへ向かう。

インド人のドライバーが運転する車の中はクーラーがガンガンにきいているが、外の気温は夕暮れ時でもまだ三十九度もある。日本の五月晴《さつきば》れの心地よい気候とは大違いだ。

「それにしても、一番暑い季節にご苦労様」

「杉原さんこそ今年で二年目ですか？　大変でしょう」

独身で、今年で三十になる杉原は、車の窓から差し込む強烈な日差しに目をしかめながら笑う。

「う～ん、慣れたとは言えないね。ときには日本が恋しくてさ。今でも夜中にふっと目を覚まして、叫ぶときがある。牛丼食いてぇーってね」

なんとなくその気持ちはわかる。牛肉禁止のインドにいるから、よけいにそんな風に思ってしまうんだろう。

杉原とは今回の入札に関してかなり細かく打ち合わせをしている。やりとりしたファックスは数百枚を越えるし、メールだって一日に何度となく送受信していた。

その間にもインドでの仕事の厳しさはいろいろと伝え聞いている。それはインド人との交渉という以前に、オフィスとしての機能の問題も含まれていた。

たとえば、一見近代的なビルにオフィスを構えていても、一日に数時間は未《いま》だに停電になったりするそうだ。またヒンズー教の休日で突然作業がストップしたり、そののんびりとした国民性もあって、日本じゃとても考えられないような状況も多々あるらしい。

「今回はいろいろと教えてもらわないといけないので、よろしくお願いします」

望は殊勝にペコリと頭を下げて言う。すると、杉原は短く刈り上げた頭をかきながら、少年のような明るい笑顔で答える。

「ノー・プロブレムってインド人がよく使うんだ。問題があってもノー・プロブレム。ここまできたらもうジタバタしてもしょうがない。彼らの精神を見習って、われわれもノー・プロブレムでつっきるしかないね」

心強いんだかなんだかよくわからない言葉に励まされながら、オフィスに着いた。

デリーではなかなか近代的な建物の三階にある、ゆとりのあるスペースだった。

望は早速飛行機の中でまとめておいた書類を差し替えようと思い、先に送ったファイルの場所を聞いた。

「ああ、ちゃんと届いてるよ。運よくね」

運よくって言われれも、絶対に届いてくれていなければ困る。

「そこのデスクの横の大きな箱が…」

と言った杉原が、いきなり日に焼けた顔を青ざめさせている。

「ないっ！　昼すぎまでここにあったぞっ！」

その言葉を聞いて、望も一緒に青ざめた。二人して大騒ぎしていると、そろそろ帰宅の準備をしていたインド人スタッフがどうかしたのかとたずねる。

「ここにあった箱を知らないか？　俺が若林を迎えに出るまではここにあったやつだ」

杉原が英語でまくしたてるように聞いた。するとそのインド人の年輩の男性はにっこりと笑って言った。

「ああ、あれなら邪魔だからと言って、掃除夫の男が台車で運んで行きましたよ」

杉原と望がひぃーっと悲鳴を上げたのは同時だった。

「ど、ど、どこへ持って行ったんだ。おい、教えてくれっ。その男は今どこにいるっ？」

望も噛みつくように英語で叫んだ。

「落ち着いて。ノー・プロブレム。彼ならまた明日きますから」

「明日じゃ遅いーっ」

二人の悲壮な表情にもたいした動揺を見せず、彼はちょっと考えると多分あそこじゃないかと教えてくれる。それはこのビルの一階の裏にある廃棄物処理用のスペースだった。

冗談じゃないとばかり二人で一階へと駆け下り、教えられた場所に行ってみる。そこには年老いた男が一人、見覚えのある段ボールの上に腰かけて、煙草《たばこ》を吸っていた。

「あっ、あれだっ！」

杉原の声に弾《はじ》かれたように、望もその場へ走っていく。そして、年輩の男にどいてくれっと叫ぶと、蓋《ふた》をあけて中味を確認した。ファイルは荷造りをして詰め込んだときのままだった。

「あ、あったーっ。よ、よかったぁ～」

思わず望がその場にヘナヘナと座りこみ日本語で言った。すると、煙草の煙をくゆらせて、男がのんびりと言う。

「今日はもう仕事は終わりだよ。ゴミの処分は明日だ」

これはゴミじゃないっと怒鳴る前に脱力してしまう。もし、この年輩の男がもっと働き者で、そして、日本人並の勤勉さで今日のゴミは今日中に始末しようとしていたら今頃は…。考えただけで背筋が凍る。

（ここがインドでよかった。彼がインド人でよかった。いい国だよ、インド…）

と、思わずわけのわからない感謝の念を抱いてしまう。そして、インドに着くなりなんでこんな力仕事をやっているんだと思いながらも、その重い段ボールを杉原と一緒にオフィスまで運んで戻った。それから、望はその場でマジックを手にすると、段ボールに「重要書類在中。廃棄厳禁」と英語で書き込んだ。

これでやっと仕事にとりかかれるとばかり、自分の持ってきた書類を整理して、ファイルするのに足りない部数をコピーしようと席を立つ。

望がコピーマシンの前でカバーを持ち上げたその瞬間だった。プンと音が鳴っていきなり部屋中の電気が落ちた。

「あっ、停電だ…」

杉原の声に思わず涙が出そうになる。

(頼むから、俺に仕事をさせてくれよー)

そんなこと、本気で願ったのは社会人になってからこれが初めてかもしれない。

インドでの仕事はまだ始まったばかりだった…。

インドにきて四日目。プレゼンテーションの日も気温は四十度を越えていた。

杉原が用意してくれたホテルは、そこそこに治安がしっかりしていて、シーツがきれいで、シャワーの設備もちゃんとしている。インドでは高級ホテルの部類に入るが、それでも出張できているわけだから、超高級というわけでもない。

「とにかく、腹はどうしたって壊すんだけど、水だけは絶対にミネラルウォーター以外は飲むなよ」

というのが杉原のアドバイスだった。腹を壊しても動けるならまだいいが、寝込むようになったら仕事どころじゃなくなると言うのだ。この猛暑で水は飲まなければ脱水症状を起こすし、常に口にするものだから、それだけは神経質にならざるを得ない。

ホテルからはタクシーを頼んでおいて、オフィスに向かう。ところが、オフィスの近くまできたところで、いきなり車が止まってしまった。

ニコニコと笑顔だけは気持ちのいいインド人の運転手にどうしたんだと聞くと、目の前を指差された。

「牛かよ…」

なぜか牛が六頭ほど道の真ん中で群がっている。牛を大切にするのは宗教上仕方がないといっても、これじゃまるで「野良猫、野良犬」ならぬ「野良牛」。牛がどいてくれるのを待っているより歩いた方が早いと、望は車を下りた。どうせオフィスはここからなら歩いて十分ほどだ。

そして、街を歩き始めた途端、ムッとした匂いに包まれる。暑さと匂い、それだけでも充分キツイのに、すぐにどこからともなく現れた観光案内の客引きに次から次へと声をかけられる。手を振って、しつこい彼らを断りながら先へと進む。すると、今度は目の前に数人の子供が物乞いにやってくる。

「バクシーシー（お恵みを）」

と突き出される手はあまりにも堂々としていて、思わず怯《ひる》んでコインを渡してしまいそうになるが、一人にでもそんなことをしたら大変なことになる。

そんな連中も振り切って、炎天下を歩いていると、たった数分でもう目眩。オフィスに着いた頃にはスポーツジムで一汗かいたくらいにぐったりしていた。でも、これくらいでへばっているわけにはいかない。今日はついにプレゼンテーションの本番なのだ。

「さてと、いよいよだ」

プレゼンテーション用の資料を車に乗せて、杉原と一緒に会場となっている政府管理の建物へと向かう。

ついさっきまで物乞いにお恵みをと言われていたのに、到着した建物は別世界のように豪華で、部屋もりっぱだった。緊張感が一気に高まって、杉原ともども気合いが入る。

東亜に許された時間は午前中の三時間。望はズラリとテーブルに着いた政府官僚や、関連企業の人々に用意してきた資料を配布する。そして、さっそく今回のプロジェクトについて、おおまかな東亜の姿勢を英語でスピーチし始めた。

横では杉原が望のスピーチに合わせて、ＯＨＰで参考となるデータを次々と前のスクリーンに映し出していく。

続いて、東亜の通信器機の特徴を述べて、今後のインド、特にデリーを中心とする北インドでの通信体系を安定させたうえ、さらに大きく発展させるのに必要不可欠なシステムであると締めくくる。

それから問題の見積り。プレゼンテーション直前に入った日本からの情報では、東亜の金額は他の競合している企業の中では二番目に高いとのこと。それでも、それだけの価値があるのだと、なんとかして印象づけなければならない。

見積りについてはやはり厳しい質問がいくつも出された。ある程度のことは予測していたから、それに対する明確な答えも用意してある。が、中には結構痛いところをついてくるものもあった。

ガンガンにクーラーのきいている室内にいても、思わず冷や汗を流すことが何度かあったが、それもなんとか乗り切った。その後、予定よりも三十分遅れて望のプレゼンテーションは無事終了。

部屋にいたインド人の一人一人としっかり握手して、「東亜を選んでいただいて、決して後悔させることはありませんから」と、最後にもう一度ダメ押しをしておく。

今回の出張での最大のイベントを終えた望は、ようやく肩の荷を下ろした気分だった。

「たいしたもんだ。課長からなかなかやるって聞いてたけど、若林、本当にやるなぁ」

杉原が帰りの車に乗り込むなり、望の肩を叩いて言った。

「えっ、課長がですか？」

「ああ、かなり期待しているようなことを言ってたぞ」

それは知らなかった。ときどき冗談まじりに顔や髪型のことをからかっている程度で、仕事に関してはいいようにこき使われているだけって気がしていた。けれど、案外きちんと見ていてくれていたんだろうか。

「オフィスに帰ったら早速日本に報告しよう。それから、何かうまいものでも食いに行こうぜ。オフィスの近くにある超高級ホテルのレストランだが、ここは確実にうまい。おまけにすごい豪華な内装で、マハラジャ気分が味わえるぞ」

「高いでしょ。経費で落ちませんよ」

望が心配して言ったら、杉原が大丈夫だと自分の胸を叩いた。

「いくら高級とはいえ、インドだぞ。それでもデリーでは唯一日本並の金額を飲み食いで払わなきゃならない場所だがな。でも、今日くらいはいいじゃないか」

杉原の言葉に、望も笑って頷いた。

日本に電話を入れて、今日のプレゼンテーションの感触を課長に連絡する。すると、突然部長の「ごくろうさん。よくやったな」という声が聞こえてきた。どうやら課長は部長の席で、デスクの上の電話をマイク状態にして、一緒に報告を聞いていたらしい。

そのあと、杉原からも向こうの反応は悪くなかったと報告してもらい、望としてもやるだけのことはやったという気持ちで受話器を置くことができた。

それから二人でささやかな慰労会《いろう》とばかり、食事に出かけた。

「あとは結果待ちだが、明日が沖野《おきの》電気と松田《まつだ》電商。そして明後日が宇和島《うわじま》工業。全部出そろってから中二日として、結果が出るのは多分金曜日かあるいは来週の月曜だろうな」

まさしくマハラジャ気分の食事はフランス料理。でも、向かいに座っているのが杉原で、話している内容が仕事のことじゃしょうがない。

「結果を待ってるときってのは嫌なもんなんだよ。こっちは話のペースがすべてにおいて遅いし、デリーではすんなり通って許可が下りても、他の州じゃ認められないとごねてくる可能性もある。官僚同士の派閥《はばつ》もあるからうまく立ち回らないとな」

そんな杉原の話を聞きながら、望はぼんやりと篤広のことを考えていた。

インドに飛び立つ前に会ったのが最後で、あれ以来、本当に篤広のことを思い浮かべる余裕すらなかった。でも、こうしてプレゼンテーションの大役を終えてホッとした途端、篤広のことが思い出されて仕方がない。

「週末は泊まりでアグラ、ベナレスへ行こう。前にきたときはタージマハールも行ってないんだろう」

「あのときは関係者への挨拶周りだけで終わりましたからね。タージマハールは一度見てみたいな」

と言いながら、望は半年前に初めてインド担当を申し渡されたときのことを思い出していた。インド担当と言われて、タージマハールでカレーを食べている姿を想像していた。今考えたら、あの頃の自分はあまりにもお目出《めで》たすぎる…。

「初めて見ると感動するぞ。純白のモスクはその大きさといい、贅沢さといい、圧巻だ」

「楽しみですね。あとはベナレスですか」

「ああ、聖地ベナレスだ。あそこへ行くと、このデリーでさえまったりと落ち着いた街に見える」

それはいったいどんな町なんだと、望には想像もつかない。

フランス料理を食べながら、これからの予定を話し合いその夜は更けていった。望にとって、社会人になって最も大きな仕事をした一日だったかもしれない。そして、自分に対して大きな自信をつけた一日でもあった。

□■□

インドにきたらインド人のペースに合わせなければ、ストレスで頭がおかしくなる。杉原にも何度もそう言われていたし、わかっちゃいるつもりだったが、それでもイライラがつのる。

入札の結果が出ないのだ。参入したすべての企業のプレゼンテーションは終わっている。噂によれば松田電商は落ちた。金額が一番高かったから仕方がないだろう。そして、残ったのは沖野と宇和島、そして東亜の三社となった。

インドにきてすでに二週間。当初は十日の出張予定だった。が、これじゃ帰るに帰れない。その間、何度か篤広に国際電話を入れようかと思った。でも、そのたびに握った受話器を戻してしまっている。結果が出るまでは甘えたくない。それは望の男としての意地だった。

そして、週末には杉原につれられて、アグラとベナレスへ小旅行に出た。

タージマハールは本当に素晴らしかった。一生に一度は見ておいて損はない。まさしく世界の遺産で、傑作だ。が、もっと驚いたのはベナレス。

インドの人口は約九億八千万。そのうちの八十パーセントがヒンズー教徒である。そのヒンズー教徒の聖地はまさしく人、人、人で埋まっているという印象だった。朝日が昇る中、祈りを捧《ささ》げガンジス川で沐浴《もくよく》する人々を見ていると、なぜ今自分はここにいるんだろうと不思議な気分になった。

こんなに大勢の人間の中に混じっていると、自分の存在が奇妙なまでに希薄に感じられる。そのままずっとそこにいると、生きているとか、死んでいるとか、どうでもよくなってしまいそうで怖くなった。

そして、そんなガンジスの流れと、あまりにも大勢の人間を見ながら思ったのは篤広のこと。どんなにたくさん人間がいても自分が会いたいのは篤広たった一人だ。

（篤広、今、何してる？　今、何を考えてる？　少しは俺のことも思ってくれている？）

週末の旅行で、なんだかちょっぴりせつない気分になってしまった望だった。

そして、翌日の月曜日。今日こそは結果が出るかと、日がなオフィスでやきもきと待っていたが、結局なんの連絡もなかった。

翌日の火曜日、そして、水曜日もまだ検討中との返事しかない。

「杉原さん、俺、胃に穴あきそうなんですけど…」

思わず漏らした言葉に、杉原が自分のデスクの引き出しから正露丸を取り出して望にくれた。

「とりあえず、それでも飲んでおけ」

「これって整腸剤でしょ。胃薬はありません？」

「大丈夫だって。そうやって体が弱ってくると、胃に穴があく前に絶対腹を壊すから。インドでの常識よ、これ」

どういう常識なんだよ、それは…。

と思ったその夜のことだった。街のレストランで食事をして、ホテルに戻った望はものの見事に食あたり。夜中トイレに通って、下して戻して、最後には脱水症状を起こさないようにと飲んだ水まで吐いた。

(俺、死んじゃうかも~)

本気でそう思った。そして、木曜日、金曜日は動けなくてホテルのベッドに横になったまま。こうなると、怖くてもう何も食べられない。杉原がもってきてくれたものだけはかろうじて口にしていたが、どれも現地調達の食品だから、日本人の胃にはどうも消化が悪い。

「若林、大丈夫か?」

金曜日の会社帰り、ホテルにやって来た杉原に心配そうに聞かれて、望は弱々しく首を縦に振る。

「若林がこんな状況のときにすまんが、週末から来週の月曜日までちょっとラジャスタンへ行ってこようと思ってるんだ。今回の入札はどうやらあの州の役人がネックになっているらしい。こうなったら直接交渉してくるしかないだろう」

そんな杉原の心意気に打たれ、望はベッドの上で小さく頭を下げた。

「すみません。本当は俺も行くべきなのに、こんな有り様で…」

「何言ってるんだ。若林が頑張ってるのを見てるから、こっちも必死にならざるを得なくなってんだって。現地のことはまかしておけよ。だてに二年もここにいるわけじゃない。それより、本当に一人で大丈夫だな? 無理しないで、とにかく水だけは飲んで、食えそうなものは極力食うようにしろよ」

その言葉に甘えて、望は横になったまま杉原を見送った。不甲斐《ふがい》ない自分が悔しいけれど、今はどうしても体に力が入らなかった。


その夜、望は日本に戻った夢を見た。篤広と古賀の三人で牛丼屋へ行った夢だった。並んでカウンターに座り、紅しょうがと生卵をのせて食っている牛丼のうまいの、うまくないのって。

「俺、お代わり～」

と言ったら、ちょっと待っててという声が聞こえた。

(えっ…？)

ホテルのモーニングコールじゃないし、アラームは鳴っていないし、そもそも英語じゃなかった。いつ日本に帰ってきたんだっけ…？

とシーツから顔を出したら、そこに篤広がいて、思わずプッと笑いが漏れる。

「なんだ、篤広じゃん…」

そう呟いたあと、しばらくの間頭の中が真っ白になった。

(なんだ、篤広じゃん…？)

それから、ガバッとベッドに突っ伏したかと思うと、今度は泣きそうな声で叫んだ。

「もうダメだーっ！　幻覚が見えるっ。脳がやられてしまったよ、俺」

会いたいと思う気持ちがつのって、幻覚が見えるなんてかなりイカレてる。でも、自分のこの純情さがせつないったらありゃしない。パニック状態の半ベソでシーツに顔を埋めていると、また篤広の声が聞こえた。

「お粥と梅干し食べるか？」

そんなおいしそうなものがインドにあるわけないと、拗ねた気分で自分の幻覚ならぬ、幻聴を恨んでみた。が、なんだか声がえらくリアルなのだ。

望がもう一度シーツからそっと顔を出した。

「具合はどう？　ちゃんと水分補給はしてる？」

目の前でそう聞かれて、今度こそガバリとシーツをめくって起き上がった。そして、ベッドから飛び出ると、思わず叫んだ。

「な、なんで、お前がここにいるーっ！」

幻覚じゃない、本物の篤広が日本製のレトルト粥を片手に、にっこりと笑って立っている。

「大丈夫か？　食あたりだと聞いたんだけど、お粥なら食べられるだろ？」

とたずねながら、反対の手には梅干しの入ったタッパーを持っていた。思わず口の中に唾液《だえき》が広がる。今の望の目には梅干しがダイヤほど貴重に見える。

「そ、そりゃ、食いたい…けど、だからっ、なんでお前がここにいるんだよっ！」

事情がわからなくて、もう一度叫ぶようにたずねたら、その途端にふぅっと立ち眩《くら》みがした。ろくに食べずにずっと横になったままだったから、急に立ち上がって怒鳴ったりしたら、目眩がしても当然だ。

そんな望を慌てて支えてくれた篤広のたくましい腕。

（本当に、本物の篤広だ）

呆然としながら、手を伸ばして篤広の顔を撫で回していると、そのままベッドに座らされる。

「インドは初めてなんだが、なかなかワイルドな国だな。デリーの空港からここまでタクシーできて、七百五十ルピー払ったんだけど、それってやっぱりボラれてる？」

そりゃメチャクチャにボラれてる。普通なら百八十ルピーくらいだ。なんだか具体的な話になったので、とにかく心を落ち着けて聞いてみた。

「いつこっちへきたんだ？」

「つい、二時間ほど前」

「どうして俺の泊まっているホテルがわかった？」

「東亜の現地オフィスに電話して聞いたんだ。あいにく日本人の駐在員の人は出かけていたみたいだけど、現地スタッフの人がすぐに教えてくれたよ。ついでに体調を崩して寝込んでいることもね。お粥と梅干しは持ってきて正解だったな。長期で海外出張に出るときはこれがあると便利なんだぞ。どうしても接待がらみの外食続きで、胃がやられちまうだろ」

なんて説明しながら、ホテルの部屋に備え付けになっているコーヒーメーカーの保温器とポットを使って、レトルトのパックを温めてくれる。そんな篤広の背中をじっと見つめながら、望はそれでもまだ信じられないと頭を振った。

「お前、仕事はどうしたんだよ。なんでインドにきてるわけ？　まさか…」

自分に会いにきたとか言うんじゃないだろうなと聞こうとしたら、その前に篤広が言った。

「望に会いたくてね」

どうしたらヌケヌケとそんなことが言えるんだろう。ここはインドだぞと、部屋の窓を開けて、喧噪《けんそう》に包まれたデリーの街を指差したい気分だった。すると篤広はクルリと振り返って望を見ると、ほんの少しだけ肩を竦《すく》めてみせた。

「実は、俺の方も少し行き詰まっていてね。ほら、望が出かける前に俺が立ててた企画を覚えてる？」

それって、望がインドへくる前日の会議で通らなかった企画のことだろう。望が小さく頷くと、篤広が言葉を続けた。

「あの企画は結構自信があったんだ。でも、ドイツの本社から日本ではまだ時期尚早だとストップがかかってね。さすがに俺もくさったよ。それで、入社してちょうど五年目だし、これを機会にリフレッシュ休暇を取ることにしたんだ」

篤広の会社では五年目で三日、十年目で一週間のリフレッシュ休暇が取れるらしい。外資系はやっぱりそういう点でいろいろと恵まれている。

それにしても、そんな貴重な休みを使ってわざわざインドにこなくてもいいのに。それも望に会うためだけに。

「ほら、温まったよ。器がないけど、このまま封を切ればスプーンで食べられるな」

そう言って、望の側に腰かけると、やっぱり日本のコンビニからもらってきたらしいプラスチックのスプーンでお粥を口に運んでくれる。

これってのはあまりにも情けなくて、みっともない姿じゃないだろうか。

「あの、自分で食えるから」

と言っても、篤広はスプーンを望に渡してはくれない。

「いいから、ちゃんと口を開けて」

意外にもビシッと言われて、ものすごく抵抗があったけれど、仕方なく口を開けた。そして、舌の上にのったほどよい温かさのお粥を味わう。

「うっ、うまい…」

思わず唸るように言った。本当においしかった。どんなご馳走《ちそう》よりも、杉原が奢ってくれたマハラジャ気分で食べたフランス料理よりも、おいしいレトルトのお粥。

「梅干しは？」

聞かれて、すかさず答える。

「食う」

適当な大きさにちぎってもらったものを口に入れたら、うまいなんてもんじゃなかった。そして、お粥をもう一口。それを飲み下してから言った。

「お前って、本当に信じられない奴だな」

「どうして？」

「普通、こないよ。インドだぞ、ここは」

「迷惑だったかな？」

そう聞かれて、望は俯《うつむ》いてしまう。そんなわけがあるはずない。もう嬉しくて、嬉しくて、今でもまだ夢を見ているんじゃないかって思うくらい。ふと気を弛めたら、もう顔中で笑い出してしまいそうなくらい嬉しい。

でも、その反面、ずっと電話さえしないで頑張ってきた自分の意地はどうなると言いたい。そんな気持ちがあるから、少し拗ねたように唇を突き出してしまう。

「迷惑なんかじゃないけど、俺がこんなに弱ってるときに現れるなんて、タイミングよすぎるんだよ。なんかこんな風に甘やかされたら、俺、ダメになるじゃん…」

するると、篤広は笑ってまたスプーンを差し出す。

「望を甘やかしているんじゃない。むしろ、これは俺が甘えているんだ」

「えっ…？」

どういう意味だろうと首を傾げると、篤広がいつになく照れた様子で言った。

「会いたくて、会いたくて、どうしようもなかった。だから、何も考えずにインドまできてしまった。それを望も喜んでくれたら嬉しい。ただ、それだけなんだ」

篤広の運んでくれるスプーンからお粥を食べながら、そんな言葉を聞かされる。すると、自分の気持ちが少しずつ弛んでいくのがわかった。

インドにきてからというもの、ずっと気持ちが張りつめていた。大役のプレゼンテーションを終えてからも、結果待ちと根回しで気を休める暇もなかった。そして、異国で体調を崩すなんて、こんな不安なことはない。

「望、また痩せたな。頬がこけている」

心から心配そうな顔をした篤広に言われ、自分の頬に触れてみる。外は毎日が四十度を越す猛暑だし、ホテルの部屋はクーラーがきいていても、まともに食事が取れないんじゃしょうがない。きっと三、四キロは軽く体重が落ちていると思う。

「それにしても、すごい国だな。広大な土地と驚くべき人の数だ。人口は十億を少し切るくらいだったっけ？　そんなにたくさんの人間がいて、それでも俺が会いたいのはデリーにいる望だけだなんて、なんだか当たり前なんだけど、不思議な気がしたよ」

「それ、俺も思った。ベナレスの町で、目も眩むほどの人がガンジス川で沐浴しているのを見たとき。こんなにたくさんの人間がいても、俺が会いたい篤広はここにはいないって思うと、ものすごく寂しくなった」

そう言いながら、あの日の朝日の眩《まぶ》しさと、喧噪の中にたたずんでいた自分の孤独を思い出し、たまらない気分になった。その途端、望の目からボロボロと涙がこぼれ落ちる。一度溢《あふ》れだした涙は止めようもなくて、自分でもどうにもならなくなってしまった。

そんな望を見て、篤広は手にしていたレトルトのパックを側のテーブルに置いた。そして、望の体を抱き寄せると、しっかりと背中に腕を回して言う。

「望は頑張っているよ。本当によくやっているじゃないか」

そうなんだろうか。本当に自分はいくらか強くなったんだろうか。いろんなところでいろんな人の力を借りて、それでどうにか立っているような自分。そんな自分でいいんだろうか。

次から次へと溢れてくる涙を篤広の大きな手が拭《ぬぐ》ってくれる。みっともないと思っても、涙は止まらない。やがて篤広の手さえもすっかり濡らしてしまったら、今度は暖かい唇が望の頬に触れた。その唇が諭《さと》すように言う。

「仕事は一人でするものじゃない。助けてもらってるとか、甘えているって悩む必要はないさ。協力し合っていると思えばいい。そして、みんなに協力してもらえるだけの努力を望はちゃんとやっている」

その言葉を聞いて、顔を埋めていた篤広の胸の中でハッとした。

篤広の言うとおり、すべての仕事を自分でやらなければならないって思い込んでいたんじゃないだろうか。頑張っているうちに、ほんの目先のことしか見えなくなっていて、ものすごく当たり前のことさえわからなくなっていた。そして、勝手に行き詰まって、それでも弱音を吐きたくなくて、意地を張っていたような気がする。

今の篤広の言葉で、一気に肩の力が抜けていくのがわかった。

「望、大丈夫だ。望は大丈夫だから…」

言い聞かせるような篤広の言葉に、何度も頷く。そして、ようやく涙も止まり、その胸から顔を上げると望は言った。

「ここまで会いにきてくれてありがとう。今まで生きてきた中で一番嬉しい出来事だった。この日のことは一生忘れないから…」

篤広は望の額に落ちた前髪を手の平ですくい上げ、にっこりと笑う。

「望が日本に帰ってきたらツーリングにも行くし、これからもっと嬉しい出来事を二人でたくさん作っていけると思うよ」

本当にそうしたい。そうしようと思って、深く頷いてみせる望だった。

その日は一日、ずっと二人きりでいた。

篤広に会えて、お粥も食べさせてもらい、少し元気が出た望は寝汗をかいた体が気持ち悪くて、シャワーを浴びることにした。すると、篤広も望と一緒にバスタブに入ってきて、丁寧《ていねい》に体を洗ってくれた。

互いの裸を見たのはそのときが初めて。なのに、不思議なくらい性的な衝動はおきなかった。もちろん、篤広となら体を繋いでみたいという気持ちはちゃんとある。でも、今はまだそうするときじゃないと思っている。だから、そんな風に肌に触れ合っても、二人ともとても自然な感じだった。

ただ、キスだけは交わした。何度も何度も、数え切れないくらい…。

それ以上のことはなくても、労《いたわ》るように体中を撫でて、洗ってくれる篤広の優しさ。それだけで望の体は溶けていきそうな気分だった。大きな手の感触が心地よくて、インドにきてから初めてリラックスしたような気がする。

「体の肉も落ちてるよ。以前に抱き締めたときよりも細い」

そう言って、背中からそっと腕を回され、望も甘えるようにゆったりとその胸へともたれ込む。幸せっていうのはきっとこんな感じなんだと思った。

シャワーを終えてから、ホテルのルームサービスを取った。部屋の窓を開いて、二人で夕闇に沈んでいくデリーの街並みを見下ろしながらの食事。篤広はカレーを楽しんでいたが、望は軽くて消化に良さそうなものを摘んだ。そして、ときどき手を取り合い、抱き合っては、唇を軽く重ねて微笑み合う。

古代叙情詩《じょじょうし》「マハーバーラタ」に出てくる都がデリーの起源だとしたら、ざっと三千年の歴史を持つ街。日本を遠く離れて、篤広と二人でここにいるのが不思議だった。でも、これは確かな現実。だから一分一秒が大切に思えた。

街が完全に暗闇に沈んだ頃、二人もベッドに入った。そのときもただ抱き合って、互いの温もりを確かめ合っていただけ。そして、望がいない間に起きた日本の事件や、今度行くツーリングの計画など、他愛もないことを話しているうちに、緩やかに眠りに落ちていった。

□■□

昨日インドに着いたばかりの篤広だが、翌日にはもう日本に帰るという。

「日本の胃薬と、残りのレトルトはここに置いておくからな」

そう言って、麻のジャケットを手にしてドアに向かう篤広は、肩から下げるバック一つという身軽な格好だ。

リフレッシュ休暇を三日取り、土、日も合わせて五日の休みだが、急な旅行だったので、エアチケットがシンガポール経由しか取れなかったらしい。おまけにシンガポールで一泊のトランジットがあるので、どうしても今日中にインドを立たなければならないのだ。

あまりにも無茶苦茶なスケジュールで、全然リフレッシュしていないのに、貴重な休暇を使わせてしまった。望は、改めて申し訳ない気持ちになって篤広に言う。

「俺、オフィスから連絡が入るかもしれないから、空港まで送って行けないけど、ごめんな。それと、会いにきてくれて、本当にありがと」

望はせめてホテルのロビーまで見送ろうと、篤広について行く。

たった一晩で篤広と別れなければならないのはちょっと辛い。でも、もう充分。これ以上甘えたりしない。昨日一日でいっぱいパワーをもらった。

「じゃ、日本で待ってるからな」

篤広がホテルのロビーでそう言って、望の肩に手を置いた。

「うん。あっ、それからタクシーはホテルで呼んでもらって、乗る前に交渉した方がいい。いいか、相場は百八十ルピーだからな。七百五十なんてとんでもないぞ」

そんな望の忠告を聞いて篤広が笑って頷く。そして、ロビーのカウンターでタクシーを頼んだあと、ほんの数分間だけ互いの体をぎゅっと抱き締め合った。

インド人のドアマンが篤広にタクシーの用意ができたと呼びにやってきて、ホテルの正面玄関まで一緒に行くとき、望が突然「あっ」と声を上げる。

「何？　どうかしたの？」

篤広にたずねられて、気まずさいっぱいの顔で一瞬言い淀《よど》んだあと、望は小さな声でボソボソと言った。

「お、俺が昨日お粥を食べながら泣いたことは、古賀には言うなよ…」

「ああ、あれね」

いかにも、なんだそんなことかと笑みを漏らすと、首を横に振った。

「言わないさ。あんな可愛い望を見たこと、わざわざ彼に教えたりするわけないだろ。一緒にシャワーを浴びて、抱き合って眠ったことは言っても、それだけはもったいないから言わないよ」

「バッ、バカ言ってんじゃないっ！　とにかく余計なことは一切言うなっ。それに、もったいないってのはなんだよっ。くだらないこと言ってんならさっさと日本に帰れっ」

ものすごく恥ずかしいことを言われて、思わず憎まれ口が出てしまう。そんな望の様子を見て、篤広は声を立てて笑うと、手を上げてタクシーに乗り込んだ。

「じゃな」

互いにそう言って別れる。

恋人の乗ったタクシーがデリーの町中へと消えて行く。その車体が完全に喧噪に飲み込まれるまで、望はホテルの前でずっとそれを見送っていた。

「若林、いけるぞ。きっと取れるっ」

杉原がそう言ったのは火曜日、望がようやく体調を取り戻して、オフィスに出社したときのことだった。

「本当ですかっ？　どこかから情報が入ったんですか？」

「確実じゃないが、昨日デリーの通信省の役人に会ったら、ラジャスタンの役人が東亜の機種の互換性《ごかんせい》について、しつこく確認をしてきていると言うんだ。連中かなり気持ちが動いてるぞ」

この案件に関わった東亜の人間に、もうダメかもしれないという気分が広がっていたときだけに、杉原の情報は貴重だった。

杉原と望は再度他社製品との比較を徹底的におこなった。そして、今後この地域に参入してくるだろう米国企業の通信ネットにもいかにスムーズに対応できるかを綿密に調べて、わかりやすく、よりインパクトのある資料に仕上げた。

それらをデリーとラジャスタンの関連部署に向けて送付して、質問があればいつでも対応できるようにしておかなければならない。

そうして、インドでも日本にいるのとなんら変わらないサラリーマン生活を送っていたある日、杉原が一本の電話を受けた。

英語でまくしたてるように話している。こちらではいかに迫力のある英語で、威圧的《いあつてき》に話すかだって商売の重要なポイントなのだ。そんな杉原がいつも以上に興奮した様子で、受話器を片手に立ち上がって話し出した。

自分の書類に没頭していた望もふと顔を上げて、何について話しているのかなと耳を傾ける。

「この国の通信業務の一端を担《にな》い、将来への発展のために東亜は必ず大きな力となります。賢明なご判断に感謝いたします。ありがとうございました」

その言葉を聞いた望が、ガタンと椅子を鳴らして勢いよく立ち上がった。そんな望を見て、受話器を置いた杉原が言葉を詰まらせている。

「わ、若林…」

「杉原さん、今の電話、もしかして…」

頷く杉原の目が少し潤《うる》んでいるように見えたのは気のせいだろうか。

「やったぞっ！　うちが落としたっ！　東亜が落としたんだっ！」

「よ、よっしゃーっ！　やったーっ！」

杉原の言葉を聞いて、望は思わず握り締めた拳を天井に向けて突き上げる。それから杉原と肩を叩き合って喜びを分かち合った。

（ああ、これでやっと日本に帰れる。篤広に会えるんだ…）

そう思ったとき、杉原じゃないけれど、望の目も思わず潤んでしまいそうになった。

□■□

『当機はこれから徐々に高度を下げ、新東京国際空港への着陸体勢に入ります。現在の時刻は現地の時間で午後四時三十六分。気温は摂氏二十五度…』

機内アナウンスが流れ、望はテーブルの上に広げていた書類を片づけ始めた。

（やっと戻ってきたんだ）

そんな感慨が、窓の下に広がる海を見て湧き上がってきた。

ちょうど週末にかかっていたから、最後に市内観光でもしていけばいいじゃないかと杉原が勧めてくれた。だが、望はその誘いを丁重《ていちょう》に断った。

仕事の済んだインドに一分一秒たりとも長居はごめんだと思っていたわけじゃない。住めば都で、出張の終わり頃には結構インドに順応していた。あの暑さも、人々のパワーも街の喧噪も、何もかもが今となってはいい経験だったと思い出される。

けれど、早く日本に戻りたい、篤広に会いたい。それだけの気持ちで荷物をまとめて翌日の飛行機でインドを立った。

空港に着いたらまず篤広の携帯電話に連絡を入れよう。今日は土曜日だから、家にいるんだろうか。それともバイクでどこかへ走りに行っているだろうか。

どこにいてもいい。望だってもう日本にいるんだから、どうやってだろうと捕まえて、その声を聞きたい。そして、会いたい。

着陸の順番待ちで成田空港の上を何度か旋回《せんかい》した飛行機は、やがて滑るように滑走路に下り立つと、ターミナルにほど近いゲートへと進んだ。

シートベルトを外す音があちらこちらから聞こえ、殺風景な空港周辺の景色を窓から見ただけでも感動してしまそうな自分に笑いが漏れた。


少し込み合った入国審査と荷物のピックアップを終えて出口へ向かう。ここを出て、エアポートリムジンを待っている間に篤広に電話をしようと思っていた。

インドの空港に比べたらまるでサナトリウムのような成田の到着出口を抜けたときだった。出迎えの人でごったがえしている通路を歩いていると、いきなり名前を呼ばれる。

「望、こっちだ」

誰か同じ名前の人間がいるのかなと思った。だって、自分に迎えがきているはずがないから。でも、その声には聞き覚えがある。というよりも、自分が一番聞きたかった声そのものだった。

振り返って辺りを見回したとき、笑って手を上げている篤広の姿を見つけた。

「望、おかえり」

本当に篤広が迎えにきてくれていたのだ。

「ウソッ。なんできてんの？」

思わずそんな間抜けなことを聞いてしまう。会ったら何を話そう、どんな言葉で自分の気持ちを伝えようと、いろいろ考えていたのに、結局口にした最初の言葉がこれだった。

篤広にはインドから帰る前に一度だけ電話をした。今回の案件を無事に落札することができた報告と、帰国の連絡のためだ。でも、迎えなんて頼んでいない。だから飛行機の便だって言ってなかったのに、わざわざ調べてきてくれたらしい。

「荷物、持つよ。お疲れさま」

篤広は側に駆け寄るとそう言って、望の手にしていたスーツケースを持ってくれる。

「俺を迎えにきてくれたの？」

「他の誰を迎えにくるんだ？」

「わざわざ成田までこなくても、家に着いたら俺から連絡したのに」

「おとなしく待ってられないからきたんだよ。俺が望の顔を見たいってだけで、インドまで行ってしまうような、辛抱《しんぼう》のきかない男だって知ってるだろ？」

じっと見つめ合って、互いの言葉のやりとりを楽しんでいた。好きな人が側にいる。当たり前のことが、当たり前に嬉しい。

「望、やっぱり疲れてる？」

そう聞かれて一度は頷いたが、それから改めて首を横に振った。体は疲れているけれど、篤広に会えて、嬉しい気持ちの方がずっと勝っていた。なんとなくこのまま真っ直ぐ帰りたくない。

「そっか。よかった。じゃ、行こう」

と言って、篤広が自分の胸ポケットから取り出したカードキーを見せた。それは都内のホテルの部屋のキーだった。

「…って、もしかして、部屋取ってんの？」

何が目的かはっきりとわかる顔で、篤広がにっこりと微笑む。

「俺は本当に辛抱がきかない男でね」

あのインドでの禁欲的な態度はなんだったんだと言いたくなるくらい、その口調は色っぽすぎる。そして、それを聞いて、頬を真っ赤にしている自分もたいがい恥ずかしい。

でも、望だって求めているものは篤広と同じ。だからもちろん拒むことなんてできなくて、伸ばされた彼の手を取った。

駐車場に止めてある篤広の車まで行く途中、ふと思い出して望が聞いた。

「なぁ、日本って、もう梅雨《つゆ》入りしてるのか？」

「ああ、一昨日《おととい》あたり梅雨入りしたらしいけど」

空港の建物を出たら、雨こそ降っていないが、かなりの湿度に体が驚いていた。吹き出すような感じじゃないけれど、じんわりと汗ばんできて、額にかかる前髪をかき上げる。

出かけるときは一応スーツを着て行ったが、帰りは土曜到着でオフィスへ顔を出すこともないので、白のポロシャツとジーンズにインドで買った薄手のニットのセーターを腰に巻き付けている。インドよりは涼しいと思っていたのに、そんな格好でも充分に暑い。

「せっかくあの暑さから逃れてきたのに、この湿度も結構こたえるなぁ。なんか汗ばんじゃって気持ち悪い」

思わず呟いた言葉に、篤広が荷物を車のトランクに積みながら言った。

「ホテルに着いたら、一緒にシャワーを浴びよう。あのときみたいに洗ってやるよ。望の全部をね」

こういうとき、男同士ってのはなんて答えればいいんだろう。まさか可愛く照れて、「いや～ん」なんて言うもんじゃないってのはわかる。でも、正直なところ、内心ではしっかりそう呟いていたりした…。

□■□

ホテルに着いて、ボーイが荷物を置き一礼をして部屋を出て行く。その瞬間だった。いきなり篤広が望の体を抱き締める。

「うわっ、ちょ、ちょっと待って…」

「どうして?」

どうしてと聞かれても困る。もちろん、望だってそのつもりだけれど、突然すぎて少し怖い。

やっと二人きりになれた。そんな思いでホッとしていると同時に、不安が込み上げてきたのだ。自分の気持ちをうまく伝えられるだろうかという不安。そして、男同士で体を繋げても、自分達は大丈夫なんだろうかという不安。初めてのことなんだから、どうしたって戸惑う気持ちは拭《ぬぐ》いきれない。なのに、思わず口をついて出た言葉は、気持ちよりも体の方の問題だった。

「だって、俺、汗かいてるし…」

インドを出る前にシャワーを浴びてはいるけれど、直行便とはいえ九時間ほど飛行機に乗っていたし、日本に戻ってくるなり梅雨独特の湿度で汗もかいている。そんな体を抱き締められるのは、ちょっと恥ずかしいような気がした。

けれど、篤広はそんな望の気持ちなどお構いなしに、強引に体を抱き寄せたまま唇を重ねてくる。

「あっ…」

インドで何度もキスをした。それ以前にも篤広の部屋でキスしたこともある。でも、今日のキスはどのときのとも違う。篤広の大きな両手が望の頬を挟み込み、どっちにも向かせないようにして、少し乱暴なくらい性急に舌を割り込ませてくる。

貪《むさぼ》るというのはこういう感じなんだと改めて思うほど、息もつけないくらいに吸い上げられ、嘗められ、舌を押し込まれる。

「くっ、うぅ…っ」

苦しくなってもがいたら、今度はその手を押さえ込まれた。体はどんどん篤広の体重に押されて、ベッドまできたところでそのまま二人で倒れ込んでしまう。

「篤広っ、ちょっと待って。苦しい…」

「ダメだ。待てない。もう、どうしようもないほどに抱きたいんだっ。これ以上我慢《がまん》なんてできないっ」

こうして日本に戻ってきて、自分はもうどこへも行かないのに、どうしてそんなに焦っているんだろう。不思議に思えるほど篤広の表情はせっぱ詰まっていた。

「俺はここにいるから。どこにも行かないし、逃げるつもりもない。だから、少し待って。せめて息が整うまで…」

そのとき、望の体を押さえつけている手の力を弛めて篤広が囁くように言った。

「望、愛してる」

そんな言葉に望の心が震えた。

本当はかなり照れ屋だし、見た目と違って、課長の思うほど女と遊んでいるわけでもない望だった。だから、好きという気持ちを伝えるときに「愛してる」と言ったことはない。でも、今篤広にそう言われてものすごく嬉しかった。

望は篤広の目をじっと見つめ返すと、小さく頷いて言った。

「俺も…、俺も愛してる」

そして、今度は自分からゆっくりと唇を重ねる。舌で篤広の唇を嘗めては、そっと口の中に差し込むようにして、歯列に沿わせて滑らせる。篤広の手が望のポロシャツの中へ入ってくると、まさぐるように下腹から胸を撫でられ、やがてその手は望の股間へと落ちていく。

「あっ、ああ…っ」

声が出てしまったのは、もうすでに固くなりはじめているそこをやんわりと撫でられたから。そして、少しずつしっかりと固くなっていくそこを確かめるように、篤広の指が微妙な動きを繰り返す。そのじらされるような感覚に望の背筋がブルブルッと震えた。

「もう…、そういうのは…ちょっと…」

「ジーンズの上からだとじれったい？」

さっきまであんなにせっぱ詰まったような顔をしていたくせに、なんだか余裕を取り戻した様子で、篤広がそんなことを聞く。こいつって案外意地が悪いところがあるのかもなんて思ったけれど、本当にじれったさでどうにかなりそうだった。

考えたらインドにいた三週間以上、まったくの禁欲状態だった。というより、精神的ストレスで一時的な不能状態だったといってもいい。

でも、こうして日本に戻ってきて、篤広の顔を見て、こんな状況になってしまったら完全に体の歯止めがなくなってしまっている。

「ちょっと、ど、ど、どうにかして…。マズイよ、俺、すぐ…」

イッてしまいそうだと、猛烈な羞恥心《しゅうちしん》とともに小声で訴える。必死で篤広の胸を突っぱねる両手が震え、涙目になっている自分に気づいて、さらに恥ずかしくなる。

「向こうではずっとやってなかったの？」

「そ、そんな余裕あるわけないだろっ」

「じゃ、かなり溜《た》まってるな」

そういうことをいちいち口にするなと言いたいが、もうそれどころじゃない。このままだと下着とジーンズをもろとも汚してしまいそうなのだ。

「もう少しだけ、我慢して…」

そう言うなり篤広が望のジーンズに手をかけた。そして、下着ごと一気に脱がされてしまう。いきなり空気に晒《さら》されたそこがビクッと跳ねる様を自分で目にしてしまい、思わず顔を背ける。

「望、足を開いて。口でやってあげるから」

そんな真似できないと思っている気持ちとは裏腹に、体がもうどうにも止められなくなっていた。篤広の言うがままに少し足を開いてみる。そんな風に股間を晒け出して見せても、篤広はまだ足りないというようにその膝《ひざ》に手をかけた。そして、さらに大きく望の足を割って開くと、膝を立てさせる。

「あっ、くう…っ。んんっ…」

篤広の舌が自分の股間を這《は》う。こんなに汗ばんで汚れた体なのにと思っていても、そんなことなど微塵《みじん》も気にとめていないように、篤広は愛撫を続ける。

「ずっとこうしたかったんだ。望、声を聞かせてくれ。いいならいいって言って…」

愛撫の合間に篤広にそう言われて、自分でも気づかないうちに声を押し殺していたとわかった。詰めていた息をはぁっと吐いた途端、また篤広の舌に刺激され、大きな波が体の中で湧き起こった。

「あっ、いいっ…。イクぅ…。もうっ…」

と言ったのと同時に、本当に篤広の口の中に放ってしまった。

誰かの口で果てたなんてことは、これが生まれて初めて。一瞬「やってしまった」という思いで頭の中が真っ白になった。そんな望の前で体を起こした篤広が、自分の口から溢れたものを舌でペロッと嘗めると、笑いながら言った。

「どうやら本当に禁欲生活が続いていたみたいだね。ずいぶんと濃かったよ」

人の言うことを信じてなかったのかよっと文句を言う前に、思わず自分の顔と体をシーツで隠してしまう。

「望、シーツから出てきてくれよ」

「お前、いちいち恥ずかしいことを口にするから嫌だ」

「じゃ、もう言わないから。頼むから出てきてくれ」

シーツを引っ張られて、そこまで言われたら、望だってガキじゃないんだからいつまでも逃げ隠れしていられない。まだ火照《ほて》って熱い頬を腕で隠すようにしながら、そっとシーツから顔を出した。そして、チラッと腕の隙間から篤広を見れば、ちょうど自分のシャツを脱ぎ捨てているところ。いつもはスーツの下に隠れている胸の筋肉がセクシーだ。

オンナのでかい胸じゃなくて、男の胸筋にときめく日がくるとは夢にも思っていなかった。でも、篤広の胸に自分の舌を這わせてみたいという欲望は、もう自分でも隠しきれない。

「望も脱いで」

甘い声でそう言われて、ようやく顔を隠していた腕を外して小さく頷く。そして、ベッドの上で座り込んだまま篤広に背を向けた。

あの筋肉を見せられたあとじゃ、自分の肉の落ちた体はあまりにも貧相で悲しいものがある。インドでは一緒に風呂まで入っておきながら、いまさらとはいえ、やっぱり見て下さいとは晒せない。そして、ポロシャツに手をかけて脱ぐと言った。

「あの、俺、シャワー浴びたいんだけど…」

「ああ、あとでね」

と言うなり背中から篤広の手が伸びてきて、望の肩が引き寄せられる。

「あとじゃ、嫌だって…」

初めてなんだから、ちょっとでもきれいな体の方がいいんじゃないのか。篤広がどう思っていようと、望にしてみれば汗ばんだ体も、一度イッてしまった股間も気持ちが悪い。なのに、

「初めてなんだから、望の何もかもを味わいたいんでね。シャワーはあとだ」

そう言って、篤広は腕に力を込めると、望の体を背後からしっかり抱き締める。顎を持ち上げられ、上を向かされたらすぐに唇が重なってきた。貧弱な胸を撫で回され、少し尖《とが》

りかけている突起を摘まれたら、また股間が熱くなる。

　このままじゃ嫌だという気持ちと、このまま流されてしまいたいという気持ちが心の中で争っている。でも、ダメだった。

（俺、もう、我慢できない…）

　恥ずかしさよりも欲望が勝ってしまう。

　ベッドの上に膝を着いているのに、なんだか自分の体が心許ないような気がして、思わず両手を上に伸ばすと、篤広の頭を自ら抱き締める。

　胸の突起を摘んでいた手が徐々に下りていき、股間のモノをやんわりと握られる。腰が砕けそうな感覚が自分の体の奥からやってきた。

「あっ、ど、どうしよ…。俺、ちょっと、怖い…」

　正直な気持ちだった。自分がどうすればいいのかわからない。女を抱くのとはまるで違う。こんなにも煽《あお》られて、篤広に主導権を握られてしまっているこの状態がとても不安なのだ。

（これからどうしたいい？）

　だから、縋《すが》るように篤広に聞いた。

「俺、わからないから…。ごめん、どうしたらいいのか、わからない。だから、助けて…」

　そう言った望の細い体をさらに力を込めて抱き締めると、篤広が答える。

「大丈夫だ。教えてやるから。怖がらなくていい…」

いつの間にか股間から離れて、望の背筋を撫でていた指が、そのまま尾骨《びこつ》へと下りていき、双丘を分け入ってきた。

「あっ…」

体の奥をまさぐる指がそこに触れる。

「ここだよ。ちゃんと感じて、イケるようにしてあげるから。何もかも見せてくれ」

そうしろと言われたら、そうするしかない。もう逆らう術もないし、望だって頭がおかしくなりそうなほどに体が篤広を求めている。

体をうつ伏せに倒されて、肩胛骨《けんこうこつ》に少し歯を立てられたときには微かな悲鳴が漏れた。それから腰だけが引き上げられて、篤広の視線と吐息をそこに感じる。

「ゆっくりと慣らしていくから…」

と言った篤広の言葉の意味を、それからじっくりと味わった。最初、たった一本の指にも望は泣きながらシーツをかきむしった。

「うっ、ああっ…。い、いっ…痛いっ…」

そう訴える度、篤広のもう片方の手は望の股間へと回ってきて、ソロソロと愛撫を与えてくれる。苦痛と快感がだんだんと入り交じって、頭の中が混乱していく。そして、気がついたときには、篤広の艶めいた声が囁くように言った。

「ほら、もう大丈夫だ。三本入ってるよ」

初めての望のためにたっぷりと使われた潤滑剤は、痛みを和らげてくれたが、その分淫《みだ》らな音を部屋に響かせて、なけなしの羞恥心を刺激する。

「も、もう…、こ、これ以上は苦しくて…」

自分でも気づかないうちにポロポロと涙をこぼしながらそう訴える。本当にこのままだとどうにかなってしまうと思った。すると、篤広がその言葉を聞き入れてくれたのか、望の体の中から指を引き抜いてくれる。そして、体を返された望は仰向《あおむ》けに横になったまま篤広を見つめる。

「望、ゆっくりと息を吐いて…」

どうしたらいいのかわからなくて、何もかも篤広の言うとおりにしてきた。だから、そう言われたときも素直に従って、ふぅっと息を吐き出した。そのとき、目も眩むような衝撃が自分の下半身に走る。

「あっ…、あああーっ」

掠《かす》れた悲鳴を漏らしたのは、堅くて熱い篤広のモノが望の中に入ってきたから。痛みというよりも、その大きな異物感に息が詰まる。

「わかる？　これが俺だよ。望のことを思ってこんな風になっている俺がわかるだろ？」

そう言った篤広の言葉が望の気持ちを解放してくれる。こんな風に愛し合って、そして、確かめ合う。男同士だからこうするしかない。でも、篤広とならそれでもいい。苦しくなんかない。

「いいっ…。すごく、いい…。そのまま、ゆっくりと動いて…」

ねだるように言った。それはもっと篤広自身を感じたかったから。

「まだ、苦しそうだよ。大丈夫なの？」

「い、いいんだっ。苦しくてもいいっ…。篤広を感じたいんだっ」

苦しささえ甘い疼きを伴って、望の感覚をおかしくさせる。いつもの篤広の優しさ、暖かさにだけじゃない。こうして裸になって抱き合えば、生身の篤広に心がとろけるほど引かれている。

誘うように言った望の言葉に、篤広が歯止めを失ったかのように激しく体を動かし始めた。喘《あえ》ぎか悲鳴かわからない声が漏れて、無意識に伸ばした手をベッドヘッドにぶつけた。そんな痛みさえ忘れさせてくれるのは、篤広が与えてくれる快感。

もう、目の前が霞《かす》んでよく見えない。泣いているのは今の自分が幸せだからだった…。


体が痛い…。でも、それ以上に体中がベタベタとして気持ちが悪い。

「大丈夫か？」

と篤広に聞かれて、もちろん首を横に振った。

そんな望の様子を見た篤広は、冷蔵庫から出してきたミネラルウォーターをグラスに注いで手渡してくれる。それを喉を鳴らして飲んでいると、一緒にシャワーを浴びようと誘われる。

もちろん、ずっとそうしたかった望だから、素直に頷いた。そして、篤広に手を引かれて裸のままバスルームへ入る。その途端、裸の男二人がバスルームの鏡に映り、とんでもなく恥ずかしくなった。

そして、いつかのように一緒にバスタブの中に立ち、シャワーを浴びる。抱き合ったばかりだし、最初のうちは妙に照れ臭かったけれど、そのうちにあのインドでの一日を思い出して、望の心に甘い感覚が蘇ってきた。

「少し、お湯を溜めようか。温《ぬる》めのお湯に浸かると、体が弛緩《しかん》するからね」

そんな篤広の言葉に促されて、シャワーのあとバスタブにお湯を溜めて浸かる。すっかりきれいな体になって、リラックスしていると、篤広が洗い残したところを探るように手を伸ばしてくる。

「ちょっと、ダメだってば。やめてくれよぉ～」

と、望が泣き言を言っているのは篤広の指が望のお尻を分け入って、また体の奥へと潜り込んできているからだ。

「ほら、じっとして。ずいぶん潤滑剤を使ったから、中もきちんと洗っておいた方がいい」

そういう露骨なことは言わないって約束したんじゃないのか？　でも、そんなことはすっかり忘れましたとばかり、篤広は淫らに指を動かしながら言う。

「まだ、ここは柔らかいままだ。もう一度入れたくなるな」

「はう…っ、んんっ、お湯が入るってばっ。もうっ、それ以上指入れるなよっ」

バスタブの中で篤広の膝に座らされ、背後から抱き締められているから、どんなに暴れても簡単に押さえ込まれてしまう。おまけに、ホテルに備え付けられていたバブルバスの液剤をお湯に溶かしているので、湯面には泡が立っているばかりじゃなく、妙に滑りがよくて篤広の指が簡単に体の奥まで入ってくるのだ。

「指はもう嫌？」

そう聞かれて、頷く望。本当にお湯が体の中に入ってきそうだから、嫌なのだ。入ってくるだけならともかく、入ったものはどうしたって出さなきゃならないんだから、それを考えると本当にやめてくれと懇願《こんがん》してしまう。

「そうか…。だったら別のモノにしよう」

と言って入ってきたのは、指なんか比べモノにならない大きさの篤広自身だった。

「うぁっ、ああーっ」

思わず悲鳴に近い声を漏らしてから叫ぶ。

「バカッ。嫌だっ。こんなところで…」

文句を言っても、篤広はまったく聞く耳をもたず体を強引に押し進めてくる。そして、完全に体が篤広のモノを飲み込んだままの状態で、一気にお湯の中から引き上げられ、膝で立たされる。

「ひぃあっ…」

「望、前に手をついて」

甘く囁くような篤広の声にはどうしたって逆らえない。体の中に奥深く彼自身が入り込んでいるのが決して嫌じゃない。そして、今ではそれだけじゃ物足りないと思っている。さっきあれほど激しく体を繋げ合ったのに、それでもまだこんなにも体が飢えていた。

(でも、篤広だから。篤広ならいい…)

言われたとおりに、両手をバスタブの前のタイルにつけて、自分の体を支えた。泡にまみれた望の体をつかみにくそうにしながらも、篤広が腰に手を添える。

「どうしたらいいんだろうね、何度でもほしくなる」

そう言ったかと思うと、また目眩がしそうなほどの衝撃がきた。でも、それは甘い衝撃だった。一度ぎりぎりまで引き抜かれたモノが、再び体の奥まで突き進んでくるとき、なんとも言えない快感が望の背筋を走り抜ける。

「あっ、いいいっ。篤広…」

前に回ってきた片手は望の股間を握り締め、もう片方の手は望の胸の突起を少し乱暴に摘み上げる。そんなことをされたらもう体が溺《おぼ》れてしまう。

自分がこんな風になってしまうなんて思わなかった。でも、恥ずかしさも、せつなさも何もかもさらけ出して、篤広と一緒になりたい。

「望っ、キツイ…。ダメだ…そんなに締めないで」

まだ自分じゃコントロールできない望は困ったように、顔だけで振り返る。篤広が欲情しながらも、少し眉間に皺を寄せている。自分が篤広にそんな顔をさせているんだと思うと、なんだか不思議な余裕が生まれた。

(抱かれているだけじゃない…)

自分だって篤広を抱き締めているし、心はこんなにも通い合っている。だって、この世にどんなにたくさんの人がひしめき合っていたって、二人のほしいのはお互いだけだから。

後ろから貫かれたまま、無理めの格好で唇を重ね合わせる。そして、篤広が囁くように言った。

「望、愛してるよ。誰よりも…」

篤広のその言葉を信じている。そして、望もはっきりと答えた。

「俺も、篤広だけだ…」

□■□

「今日が日曜で本当によかったぜ…」

と呟いたのは翌朝のこと。セックスのしすぎで腰が痛いなんて何ヵ月ぶり、いや何年ぶりのことだろう。

昨夜はお風呂に入ったあと、またベッドで篤広に散々泣かされた。望も大きな仕事を終えた解放感があり、完全にタガが外れていたし、まさしく貪《むさぼ》るようなセックスだった。

散々嘗められて、いじられて、イカされて、望も楽しんだのは事実だが、慣れている篤広に対抗できるはずもない。気がつけばヒィヒィ言わされっぱなしだった。そして、一夜明けてみれば、感想はやっぱり「えらい目にあってしまった」って気分の方が強い。

それでも、目覚めた横に恋人がいるこの幸せは何ものにも代え難い。望がモソモソと体を動かしていると、すぐに篤広も目を覚ましてニコッと微笑む。

片えくぼのできるその顔が、ほんの少し寝ぼけていてなんだか可愛い。寝起きのこんな無防備な篤広を見られるのは自分だけだと思うと、優越感にも似た気持ちが込み上げてくる。

「よく眠れた？」

そう言って望の背に手を回し、肩胛骨から背筋にそって撫で上げる。望は思わず呆れたような顔をしてから、ちょっと睨んでやった。

「そういうことを聞く？　俺を眠らせなかった張本人のくせにっ」

「だって、最後の一回をねだったのは望の方だぞ」

そして、仰向けで横になったまま、望の二の腕を引っ張って、自分の胸の上に抱き寄せる。額にキスされて、髪に顔を埋めて甘い声で「すごくよかった」なんて言われ、いまさらながらに頬が熱くなって、言い返す言葉もなくなる。

そのときベッドの横のテーブルに置いてあった望の携帯電話が鳴った。慌てて出ると、古賀からだった。なんだか古賀の声もものすごく懐かしい。

『おめでとう。望、お前やったんだってな。恵美ちゃんに聞いたぞ』

「うん。なんとかね。それにしても久しぶりだな。そっちは、いつ中東から帰ってきたの？」

聞けば、古賀もつい一週間ほど前に日本に戻ってきたところだと言う。

「そうか、そっちも大変だったんだな」

『いや、クレームは思ったより単純な部品の故障だったから、それほど大変でもなかった。ただ、今回はちょっと…』

と言った古賀の声は、なんだか元気がないような気がした。

「どうしたんだ？　何かあったのか？」

望が心配して聞くと、古賀が実はと話し出したのは、ウソのような本当の話。なんと中東で何やらよくわからない虫に腕をさされて、数日間現地で高熱にうなされていたらしい。その後もずっと体調不良が続いて、ようやく日本に帰ってくるなり緊急入院。命に別状はないし、すでに体調もほぼ元どおりなのに、腕の腫《は》れが引くまでは退院できないそうだ。そして、今も病院にいて、そこのロビーから電話をしていると言う。

『まったく、リーマンも命がけだよなぁ』

そして、ひとしきり入院生活の退屈さと、食事のまずさに辟易《へきえき》していると訴え、望の顔が見たいと甘える。

「とにかく大事にしろよ。俺、明日の会社帰りにでも見舞いに寄るからさ」

古賀を励ますようにそう言って切ると、側で黙って聞いていた篤広がちょっと拗ねたような顔をして、望の携帯電話を睨んでいる。

「古賀君か？　せっかく二人きりで迎えた初めての朝だっていうのに、こんなときまで邪魔をするとは、まったく無粋《ぶすい》な奴だね」

と言いながら、望の体を背後からやんわりと抱き締める。

「そう言うなって。古賀も大変だったんだ」

望は古賀の電話の内容を篤広に話して聞かせてやる。すると、さすがに篤広も気の毒そうな表情になる。が、すぐにニヤリと不敵な笑みを浮かべると言った。

「古賀君は俺も知らない仲じゃないし、望が見舞いに行くなら一緒に行こう」

その言葉を聞いて、望みがちょっと不審げに篤広を見上げる。

「お前、なんかよからぬことを企んでいる目になってるぞ」

「よからぬこと？　さて、どんなことかなぁ？」

すっとぼけてそんな口をきく。

「俺達のことを言うつもりだろ。洗いざらい古賀にバラすつもりでいるんだろう」

望がそう言って、どうなんだよと迫ると、ひょいと肩を竦めてあっさり「そのとおり」と白状する。

「ライバルは弱ったときに徹底的に叩いておかないと、あとあと面倒だからね。ビジネスだって同じだろ？」

「ビジネスと一緒にするなよっ」

と文句を言う望の言葉を無視して、さらに篤広が言う。

「ああ、そうだ。病院の食事がまずいって？　なら、手みやげに牛丼でも買って行ってやろうかな」

なんだか楽しそうなその様子を見て、もしかして自分の惚れた男はとんでもないところがあるのかもなんて、いまさらのように気がついた。

そもそも考えたら、普通はインドにだってこないだろう。たった数日の休みの間に、望の顔を見たいという理由だけで…。

でも、そんな何もかもをひっくるめて篤広が好きなんだからしょうがない。

どんな職業よりも平凡なサラリーマンだと思っていたのに、気がつけばとんでもないジェットコースターに乗せられていた気分。それでもきっと退屈な人生よりはマシ。

誰よりも愛している恋人がいて、いい友達がいて、結構幸せを感じている自分。そして、そんな幸せを今一度確認するかのように、望は背後から自分を抱き締める篤広の胸に体をあずける。望の髪に高い鼻梁《びりょう》を擦り付けるようにしながら篤広が言う。

「これでやっと一緒にツーリングに行けるな」

ずっと果たされないままになっている約束。望はふと自分の痩せ細ってしまった体を見て、呟くように言った。

「でも、今のままじゃ、V-MAXが倒れたら起こせないかもしれないな」

「まずは体力を戻してからだね」

「じゃ、当分は禁欲して、節制した方がいいよな?」

なんて言ってやったら、篤広が慌てている。

「いや、適度な運動は必要だよ。禁欲はしなくていいだろ?」

焦ってそんなことを言う篤広が妙に可愛く見えた。どうせ梅雨の間はツーリングにも行けやしない。梅雨が明けるまでにゆっくりと体力を回復させればいい。

　これから篤広とバイクでいろんな所へ行こう。そして、これからは自分の人生のどんな瞬間にも篤広がいるんだと思うと、望の心の中は幸せでいっぱいになるのだった。

あとがき

花丸文庫では二冊目になります。小川《おがわ》のリーマンもの、楽しんでいただけましたでしょうか？

こうして白泉社さんから無事二冊目が出せるなんて小川にとっては嬉しい驚《おどろ》きです。が、もっと驚いたのは「あとがき」五ページだったりして…。

今やれる事はさっさとやって、後回しにしない。これが小川の信条。あとがき依頼がくる前に、手すきの時間でさっさと二ページの文章を書いておき、「これで万全。いつでも、どこからでも、いらっしゃ〜い！」と余裕をぶっこいていたのです。ところが、依頼ファックスを見て仰天《ぎょうてん》！

「五、五、五ページぃ〜？」

結局大慌《おおあわ》てで書き足してるし─。

それはさておき、この度《たび》は「23階の恋人」、お買いあげありがとうございました。

書き下ろしておいていまさらなんですが、実はわたし、デビュー以来ずっと理由《わけ》あってリーマンの世界だけは避けていたところがありました。働く人が苦手というよりは、スーツが苦手だったんです。

理由は他愛《たあい》もない事なんですが、前作の教師モノも、きちんとスーツを着ているタイプではなかったですしね。これまでの作品でも、ちゃんとスーツを着ている人同士の恋愛は書いた事がありませんでした。

でも、今回は思い切ってそのスーツでリーマンに挑戦してみたわけです。そして、主人公は力一杯働かせてやりました。それはもう、会社でぶっ倒れるくらいに。

読み返してみれば、しみじみと「働かせすぎたかも」と思うくらいに働いている主人公と脇役達。また、仕事以外ではお昼御飯を食べているシーンもやたら多いし、そんなんで恋をしている暇《ひま》はあるの？　って聞きたくなっちゃうくらいでした。

でも、君達が働いているってことは、すなわち小川だって頑張《がんば》って書いていたんだっと胸を張りたいところなんですが、さすがに望《のぞみ》のように周りの風景が極彩色《ごくさいしき》に見えるほどまで徹夜《てつや》続きってわけではありませんでした。そんなことをしたら、わたしが倒れてしまうもの。と、己《おのれ》の保身だけは忘れない女…。

ただ、常日頃から「年中暇《ひま》です」の大看板《おおかんばん》を上げて、皆さんに「遊んで、構って」と言っているわたしが、さすがにこれを書いていた数週間だけはその看板を下ろしていました。

けれど、少しくらい忙しくても、ステキな挿《さ》し絵の入った本に仕上がったときにはすべてが報《むく》われる気分です。今回は椎名咲月《しいなさつき》先生にお世話になりました。本当にありがとうございました。

送られてくるラフを見るたびに「いい感じじゃないですか」、「いい感じですよね」と言い続けていた担当さんと私。それ以外に言葉が見つからないくらいイメージにぴったりで嬉しかったです。

さて、このお話で可哀想《かわいそう》な役回りだったのは古賀《こが》君。ちょっと気の毒なので、彼が無事退院したあかつきにはリベンジの機会を与えてやればいいなぁとは思っています。でも、相手が篤広《あつひろ》なので、なんとなく結果は推《お》して知るべしって気がしないでもないです。

篤広さえいなければ、もっとおいしい目に合ってもいい人なんですがねぇ。見た目は「アラブの王様」だし、優しいし、仕事もできそうだし。まぁ、いつの日にか彼にも最高の恋人が現れることでしょう。いや、よくわかんないんだけどさ（と、プロフィールに続いて、またまた無責任な発言をするわたし）。

いずれにしましても、こうして花丸さんに場を与えてもらい、リーマンものも書いてみればなんとか書けるとわかりました。おかげ様で、この作品以来ちょこちょこリーマンものを書いていたりする今日この頃。これを機会にこれまで苦手だと思っていた職業などにも挑戦してみたいと思っています。さしあたっては、あんまりカタギでない人とかを書いてみたいななんて。

こうして、「23階の恋人」は私の手を離れて、あとは皆様の評価をあおぐだけです。

もし、面白かったら一言でも結構ですので、小川に教えてやって下さい。とても励《はげ》みになりますから。そして、次はもっと頑張ろうと思えるので。

また、この作品で初めて小川を知ってくださった方へ。もし、お嫌いでなければどうか今後ともよろしくお願いいたします。書店で名前を見つけたら、「どれどれ」と手に取ってパラパラとめくって下さるだけでも嬉しいです。そして、もしあなたの心に響きそうな予感があれば、そのときはお買い上げでお願いいたします。

次はどんな作品で皆様にお目にかかれるんでしょう。また学園ものに戻っていくのか、しばらくはこのままリーマンもので腰を落ち着けてみるのか、それとも己にとって未知なる世界へダイブするのか、今はまだ暗《あん》中《ちゅう》模《も》索《さく》のまっただ中です。

でも、遠くない時期にまた皆さんとで出会えることを祈っています。それまで、さようなら。

夏の休暇を前に、例によって「一人夏休み進行」&「プチダイエット中」の小川でした。

Hanamaru Bunko

作家・イラストレーターの先生方へのファンレター・感想・ご意見などは
〒101-0063 東京都千代田区神田淡路町2-2-2
白泉社花丸編集部気付でお送り下さい。
編集部へのご意見・ご希望などもお待ちしております。
白泉社のホームページはhttp://www.hakusensha.co.jpです。

白泉社花丸文庫

23階の恋人

2001年6月25日　初版発行

著　者　小川いら©Illa Ogawa

発行人　角南 攻

発行所　株式会社白泉社
〒101-0063 東京都千代田区神田淡路町2-2-2
電話 03(3526)8070(編集) 03(3526)8010(販売)

印刷・製本　株式会社廣済堂
Printed in Japan　HAKUSENSHA　ISBN4-592-87237-1
定価はカバーに表示してあります。